A arte de mentir

Cicero Sandroni

A arte de mentir

Pequenos textos encontrados
na caverna de Cronos

Rocco

Copyright © 2015 *by* Cicero Sandroni

Direitos desta edição reservados à
EDITORA ROCCO LTDA.
Av. Presidente Wilson, 231 – 8º andar
20030-021 – Rio de Janeiro – RJ
Tel.: (21) 3525-2000 – Fax: (21) 3525-2001
rocco@rocco.com.br
www.rocco.com.br

Printed in Brazil/Impresso no Brasil

CIP-Brasil. Catalogação na fonte.
Sindicato Nacional dos Editores de Livros, RJ.

S211a   Sandroni, Cicero
       A arte de mentir: pequenos textos encontrados na caverna de Cronos / Cicero Sandroni. – 1ª ed. – Rio de Janeiro: Rocco, 2015.

      ISBN 978-85-325-2961-9

      1. Crônica brasileira. I. Título.

14-16869   CDD–869.93
                                        CDU–821.134.3(81)-3

A arte de mentir

Para dizer a verdade, e não mentir ao leitor, não era esse o título original deste livro: os textos a seguir não ensinam a arte de mentir. Este não é um livro de autoajuda para quem deseja vencer na vida contando mentiras, o que Carlo Collodi, autor de *Pinóquio*, nos garantiu ser grave defeito embora seu nariz não tenha crescido quando publicou a história, ficção e, portanto, mentira.

A mentira acompanha o ser humano desde os tempos bíblicos. Lembram-se do diálogo inaugural do anjo decaído travestido em serpente, com Adão e Eva? Se tudo começou assim e continuou com Caim ao mentir sobre o fratricídio e fundar o gênero do romance policial, quem nesta história da estupidez humana poderia viver sem contar uma mentira mesmo sem ser pescador ou caçador? Ou um aventureiro? Ou um simples e bem-educado cavalheiro a trocar a verdade por uma hipocrisia social?

Ou mentiras de um político e de um marqueteiro esperto? Estas são raras, diria o doutor Pangloss, para não dizer a verdade, me engana que eu gosto. Muitos profissionais competentes (não os refiro aqui, não quero ferir susceptibilidades) consideram a mentira ferramenta indispensável para alcançar sucesso e conseguir bons salários. Em alguns casos, escrevia Machado de Assis em *Dom Casmurro*: "A mentira é muita vez tão involuntária como a respiração."

Assim entendida a mentira é herança genética da qual poucos escapam. Os escritores, por exemplo, quando são grandes, escrevem grandes mentiras e às vezes ganham o prêmio Nobel. No caso a mentira (ou a verdade fantasiada) sobre a aventura humana transcende sua condição de pecado, vício, opróbrio, engodo, fraude ou até passível de prisão, no caso de falso testemunho. Ficção não é mentira, é criação literária Um ramo nobre, respeitado e longe, muito longe, das mentiras dos mentirosos contumazes. Ou dos que gostam de brincar com elas.

Francisco Paula Brito, escritor, dramaturgo, jornalista, tipógrafo e mestre de Machado de Assis na arte gráfica criou em sua oficina e livraria a Sociedade Petalógica, reunião de escritores, entre os quais o jovem Machadinho. No encontro eles contavam petas, mocas, pomadas, pitocas, patacoadas, lorotas e outros sinônimos da mentira na época. Daí o nome: Petalógica.

Ficam excluídas as mentiras dos apaixonados, comuns nos tempos românticos, mas hoje quase em desuso. Shakespeare suspira no seu soneto CXXXVIII ao confessar: "Quando jura ser feita de verdades/ Em minha amada creio e sei que mente."[1] Nos tempos modernos a paixão passageira dispensa as mentiras; e tudo acaba bem quando tudo acaba.

Aqui também termino na esperança do eventual leitor encontrar nestes textos boa leitura.

C. S.

Em alguns textos anotei os jornais e as datas de publicação. Em outros não, por absoluta incapacidade de organizar meus arquivos. Poucos, talvez três ou quatro, são inéditos. Mas a maioria deles, publicados no Jornal do Commercio *entre os anos de 1999 e 2003, revelaram para mim, na releitura, que passada uma década ou mais, os temas e os problemas do Brasil continuam os mesmos. Mas neste caso minha opinião pouco vale. Os famosos cem leitores citados por Stendhal ou mesmo os dez de Brás Cubas, e que também espero para este livro, que decidam.*

---

[1] Tradução de Ivo Barroso, recolhida por Paulo Rónai.

O passarinho afogado

A palavra crônica tem sua raiz no grego (*khronos*, tempo), passou pelo latim (*chronica*, plural de *chronicum*) e daí ao português. Na imprensa brasileira o seu antepassado foi o folhetim, o romance em capítulos publicado em jornais e revistas hoje renovado nas telenovelas. Os jornais do início do século XIX publicavam folhetins estrangeiros para atrair leitores e os capítulos sempre terminavam em um momento de perigo para o herói ou a heroína, exemplo em que se basearam mais tarde as novelas de rádio e da televisão. Um dos primeiros diários a publicar histórias em capítulos no Brasil foi o *Jornal do Commercio*, do Rio de Janeiro, ao lançar autores franceses do *feuilleton-roman* a exemplo de Alexandre Dumas e brasileiros, de Machado de Assis a Lima Barreto, no século XX.

Aos poucos a palavra folhetim, publicado ao pé da primeira página, e assim "pequena folha", deu espaço para o comentário sobre acontecimentos do dia e da semana, de forma literária, uma espécie de *new journalism* antes do gênero ser lançado por escritores americanos – de Gay Talese a Tom Wolfe. Concedia-se ao jornalista liberdade para escrever como bem entendesse sobre o tema escolhido.

Em crônica (ou folhetim?) de 1859, Machado de Assis assim definia o gênero: "O folhetinista, na sociedade, ocupa o lugar do colibri na esfera vegetal; salta, esvoaça, brinca, tremula, paira e espaneja-se sobre todos os caules suculentos, sobre todas as seivas vigorosas. Todo mundo lhe pertence; até mesmo a política."

Este trecho sugere que Machado também tinha os seus dias de estilo pleno de adjetivos e metáforas, como direi? Nada direi, não sou crítico nem tolo ao ponto de opinar sobre o estilo de Machado. Rubem Braga, o saudoso sabiá da crônica, jamais se imaginou um colibri, espanejando-se sobre os seus temas. Mas para o Bruxo do Cosme Velho, ele mesmo excelente cronista ou folhetinista de meados do século XIX, apesar das suas "páginas coruscantes de lirismo e imagens", o gênero, só em raríssimas exceções tinha tomado a cor nacional. "Escrever folhetim e ficar brasileiro é na verdade difícil" acentua. E a seguir: "Entretanto, como todas as dificuldades se aplanam, ele (*o folhetim*) podia bem tomar mais cor local, mais feição americana (*no sentido de brasileira, a livrar-se da influência francesa*). Faria assim menos mal à independência do espírito nacional, tão preso a estas limitações, a esses arremedos, a esse suicídio da originalidade e iniciativa."

Seguido por ele mesmo e seus epígonos, o conselho de Machado levou o folhetim à crônica, ganhou a cor local e deixou de ser arremedo da imprensa francesa e mais tarde da americana. Jornalistas de grande expressão, a exemplo de José da Silva Paranhos, futuro visconde do Rio Branco, estadista extraordinário. Quando moço, com as suas "Cartas ao Amigo Ausente", traçou o panorama da vida do Rio de Janeiro, documento hoje de consulta indispensável aos historiadores de meados do século XIX. Poderia citar outros, a exemplo de Raul Pompeia, João do Rio, e quem sei mais... E em seguida os contemporâneos, os poetas Drummond e Bandeira, Rubem Braga, Fernando Sabino, Paulo Mendes Campos, Otto Lara, Clarice. Carlinhos de Oliveira, Sérgio Porto, João Ubaldo... Só falo dos mortos, os vivos estão aí, bem de saúde, e todos conhecem. Hoje, pelo número de cronistas espalhados por todo o país, a crônica parece ser estilo especial da imprensa brasileira.

No jornalismo de fins do século XX, a crônica abordava os fatos do dia a dia da cidade. E na cidade, as praias, o verão, as belas mulheres de braços roliços e as moças em flor. "A aventura do cotidiano", título inventado por José Carlos Oliveira, foi doado ao Fernando Sabino, mestre das narrativas curtas, muitas delas levadas ao cinema. Rubem Braga, insuperável, fez da aula de inglês um engraçadíssimo estudo do aprendizado com lições de pedagogia. Paulo Mendes Campos trouxe o Botafogo e o profundo mar azul para as letras brasileiras, enquanto Nelson Rodrigues fez o mesmo com o Fluminense, a cabra vadia, o Sobrenatural de Almeida, e tantas outras figuras inesquecíveis.

Se voltarmos ao passado, Machado de Assis escreveu sobre o voo de duas borboletas azuis em esplêndido exercício sexual borboletal. Vez por outra cronistas escreviam sobre as artes visuais, um filme ou uma peça de teatro e alguns foram levados, com razão, à maledicência. Sim, maledicências, a exemplo da tentativa do Carlos Heitor Cony, no seu *A arte de falar mal*, crônicas publicadas no *Correio da Manhã* com críticas duras e corajosas ao golpe de 1964 e reunidas em livro sobre o qual o saudoso Fausto Cunha (tão esquecido e tão importante para a literatura brasileira) afirmou: "Cony trouxe uma coisa que em geral falta aos nossos cronistas: a audácia da afirmação. No fundo é um sentimental e fala mal unicamente para opor um dique à sua incontrolável ternura."

Sentimento de ternura em relação aos militares golpistas não constava do repertório conyano, embora por vezes envolva seu texto em atmosfera compassiva, apesar do crônico pessimismo. Mas a arte de falar mal precisa ser preservada e cultivada com urgência, para denunciar as mazelas deste mundo velho e sem porteira, frase favorita de meu avô quando encontrava um malfeito.

Alceu Amoroso Lima, o Tristão de Ataíde, não aceitava a publicação de crônicas em livros, e chegou a depreciá-la: "Uma crônica num livro é como um passarinho afogado" escreveu, nos anos 1930. Anos depois, concedeu à crônica de qualidade a condição de gênero literário. Ofendido com a opinião do famoso crítico, Rubem Braga, cuja obra literária está toda contida em livros de crônicas, ficou magoado, e só mais tarde reconciliou-se com o mestre. Defensor do gênero, Afrânio Coutinho esclareceu o assunto: "Muitos críticos se recusam a ver na crônica, a despeito da voga que desfruta em dias atuais, algo durável e permanente, considerando-a uma arte menor. (...) Mas será considerada gênero literário quando apresentar qualidade, libertando-se de sua condição circunstancial pelo estilo e pela individualidade do autor." E Eduardo Portella, em seu *Dimensões 4,* foi incisivo ao considerar a crônica um gênero literário.

Seja como for, este beletrista de antanho apresenta ao distinto público, como direi? Crônicas? Vá lá. Memórias de amigos que já partiram, uma ou outra alusão aos malfeitos da vida, sem vontade de ser palmatória do mundo. Pequenos textos, talvez, para serem lidos em uma noite de chuva. Mas no meu caso o grande Alceu tinha razão.

Fale com ela

Durante viagem a Paris, entre visitas a museus e caminhadas exaustivas pela *rive gauche* ou pelas margens do Sena, entrei com minha mulher num cinema, para ver o filme *Hable con ella*, de Pedro Almodóvar. Compramos os ingressos sem ter informações sobre o filme mas logo no início a presença de Pina Bausch na tela me encantou, pois para meu orgulho de pé de valsa aposentado, dancei com a famosa coreógrafa e bailarina, de saudosa memória. Conto a proeza: na primeira visita de Pina ao Brasil, após sua apresentação no Municipal, organizou-se uma festa brasileira em torno dela e quando o conjunto musical atacou um chorinho, encontrei coragem e convidei a dama para dançar. Talvez por delicadeza com os anfitriões, ela aceitou o convite ao choro e considero-me, desde então, professor de dança brasileira da inesquecível Pina Bausch, embora, além de um discreto *danke schoen*, não tenha ouvido dela qualquer outro comentário terminado o nosso saracoteio.

Mas vamos ao filme. Em certo momento dramático da ação, ouve-se a voz de Elis Regina, cantando "Eu prometo por toda a minha vida", de Tom Jobim e Vinicius de Moraes. Esta foi a primeira surpresa emocionante para dois brasileiros num cinema em Paris: ouvir aquela voz incomparável, e lembrar de Tom e Vinicius. Eu aguentei firme, mas, embora pedisse à minha mulher que refreasse seu entusiasmo, ela quase gritava:

– É a Elis! É a Elis!

Naquela tarde, dia de trabalho para o comum dos franceses, o cinema no Champs-Élysées estava quase vazio, mas mesmo assim começamos a ouvir os resmungos da plateia. Eu olhava para os lados, para deixar bem claro que não tinha nada a ver com o escândalo daquela louca, mas ela insistia:

— É a Elis!

Claro, era a Elis. E logo depois dela, Almodóvar bota o Caetano Veloso a cantar "Cucurucucu Paloma", do mexicano Tomas Mendez. E aí ela não se conteve:

— É o Caetano! Que beleza! É o Caetano!

Correu um zum-zum-zum pela sala, um sshhiii insistente e ouvimos alguns *pas possible* ou um *voyons*, mas a emoção transmitida pela voz do Caetano superou a irritação dos "idiotas desses franceses!", na opinião dela, e o filme continuou.

Na continuação do filme, foi a vez do homem que derramava lágrimas ao emocionar-se, informar sua amiga sobre um caso de amor terminado sem choro nem vela e comentar:

— Concordo com o Tom Jobim quando ele diz que o amor é a coisa mais triste quando se desfaz...

Aí ela não se conteve e disse, em voz alta:

— Não é do Jobim, seu burro! É do Vinicius! A música é do Tom, mas a letra é do Vinicius! É um verso do "Soneto da Separação"!

Bem, nesse momento creio que os franceses cansaram de protestar e ouviram, os que ouviram, a correção, mudos e quedos, até porque quem ouviu nada entendeu. Mas ela, cantora de chuveiro, já chorava de alegria enquanto eu fingia que limpava os óculos para enxugar uma furtiva lágrima. Os franceses incomodados que se danassem, pois qual brasileiro não vibraria ao ouvir tanta música da Elis, do Caetano, e poesia, fosse do Tom ou do Vinicius, assim, de supetão, sem mais aquela, só por entrar num cinema em Paris para ver o filme de um espanhol?

Ao sair da sala de alma lavada, creio que ouvi alguém sussurrar no meu ouvido, em francês, *parlez avec elle*, mas meneei a cabeça como quem diz "não adianta". E quando o filme foi exibido no Rio, fomos vê-lo pela segunda vez. Aqui, apesar da emoção renovada, ela se comportou e, com uma ponta de ironia, comentou, "eles não aprendem".

Jornal do Commercio, 26 de outubro de 2000.

Machado defensor do crédito

Qualquer relação entre Machado de Assis e a taxa de juros Selic pode parecer estranha, mas não é. Machadólogos, historiadores e economistas me perdoem, mas o primeiro presidente da Academia Brasileira de Letras também pode ser chamado para dar sua opinião no debate sobre as taxas de juros hoje praticadas no Brasil. Pelo menos é o que nos conta o saudoso Brito Broca, incansável pesquisador da vida literária brasileira.

A discussão vem de longe. Em 1859, quando Machado andava pelos seus 20 anos, no país monocultor e exportador de café, os problemas do câmbio, desenvolvimento econômico e inflação não eram menos complicados do que os de hoje. Então o futuro Bruxo do Cosme Velho, à época conhecido como Machadinho, resolveu meter-se na discussão da política econômica do Império.

No artigo "A odisseia econômica do Sr. ministro da Fazenda", publicado a 26 de junho de 1859 em *O Paraíba* – editado por Augusto Emílio Zaluar em Petrópolis –, Machado ataca duramente o citado ministro, Francisco de Sales Torres Homem, do gabinete conservador do visconde de Abaeté, pela política de contenção do crédito adotada, para substituir a de expansão financeira do ministro anterior, o liberal Souza Franco.

Este parece ter sido o primeiro artigo polêmico de Machado, que na maturidade detestava polêmicas. Mas quem era o alvo dos ataques do jovem Machadinho? Panfletário talentoso, competente e corajoso, formado nas hostes liberais, Francisco de Sales Torres Homem passou uma temporada na França em 1833 para estudar economia política e sistemas financeiros. De volta ao Brasil, apoiou a insurreição, reprimida pelo futuro Duque de Caxias, e foi deportado para Lisboa.

Anistiado em 1848, escreveu o panfleto *O libelo do povo* sob o pseudônimo de Timandro, para muitos historiadores um dos mais avançados textos do liberalismo de sua geração. A metralhadora giratória de Torres Homem disparou não só contra o jovem monarca Pedro II e todos os Bragança que o antecederam, mas também contra a imperatriz Tereza Cristina, do ramo Bourbon de Nápoles, com ferinas alusões à sua origem, de nobreza em decadência.

Mas o tempo passou e Timandro pediu que esquecessem o que escrevera. Em artigos publicados no *Jornal do Commercio*, sob o pseudônimo de Veritas, atacou o programa do liberal marquês de Olinda, cujo ministro da Fazenda, Souza Franco, estabelecera a pluralidade bancária. Souza Franco autorizou o Banco do Brasil, outros bancos e até sociedades comanditárias a emitir títulos sem lastro, o que Torres Homem considerava um "carnaval financeiro". Ainda liberal, mas em oposição à política econômica do seu partido, Torres Homem exigia a contenção dos gastos públicos, o controle do crédito e juros altos, para evitar a inflação.

Com o apoio de Pedro II, que não gostava de audácias econômicas, os conservadores derrubaram o gabinete liberal Olinda-Souza Franco. O visconde de Abaeté passa a chefiar o governo e convida Torres Homem para a Fazenda. Convite aceito, o monarca recebe seu adversário para o beija-mão e o Timandro arrependido, depois do perdão imperial, pede-lhe a graça de uma audiência com a imperatriz. Pedro II responde que ele não se lembrava dos agravos, mas a imperatriz era mulher, e mulher napolitana; Sua Majestade jamais esqueceria as ofensas.

Pedro II gostou da política econômica de Torres Homem e, agradecido pelos seus serviços, concedeu-lhe o título de visconde de Inhomirim. Línguas ferinas viram embutidas, no título, vingança tardia: em um só nome o imperador reuniu diminutivos de dois idiomas: inho, em português, e mirim, em tupi-guarani.

Mas Machadinho, indignado com a contenção do crédito, resolve atacar Torres Homem por sua mudança: "O homem moral do sr. Torres Homem sofreu uma transformação e não é certo aquele mesmo que tão ardente parecia no apostolado das liberdades públicas. Esse projeto com que o atual ministro pretende aniquilar o crédito tem um só vislumbre das ideias que animavam aquele Graco de tantas páginas vigorosas? O Sr. ministro da Fazenda pretende decerto apresentar meia dúzia de artigos à sua obra-prima financeira, à sua odisseia econômica. Para um espírito sensato não passa isso de um grosseiro golpe sobre o crédito. E uma pretensão vaidosa do ministro que pretende aniquilar uma garantia garantida pela lei e pela necessidade pública." Se defendia o crédito de forma tão dura no passado, o que o nosso Bruxo não diria hoje da taxa de 11% da Selic?

Na continuação do artigo, Machadinho despejou vários adjetivos depreciativos contra Torres Homem mas, por falta de espaço, vamos ficar por aqui. E vale lembrar que a história é antiga: quanto mais mudamos, mais permanecemos na mesma. Assim, um Machado de Assis atualíssimo brada do século XIX contra Torres Homem, mas também para que o ouçam os ouvidos moucos dos que hoje estrangulam a economia impondo-lhe juros extorsivos para controlar o consumo, sob o pretexto de evitar a inflação. Esquecendo mais uma vez da anedota do cavalo do inglês, que morreu quando aprendeu a jejuar. Mas é bom lembrar que, neste caso, o cavalo somos nós.

Jornal do Commercio, 31 de março de 2004.

A minha musa deste verão

A égua puro-sangue Fiusca Blue abandonou o treino na raia do hipódromo da Gávea, disparou em busca de espaços mais amplos e só foi capturada doze quilômetros depois, na Barra da Tijuca. Houve espanto e incredulidade; não é comum uma égua comportar-se com tal anseio de liberdade. Pois mesmo sendo puro-sangue, a égua é um animal irracional. O ser humano, não; o ser humano se autodenomina animal racional, embora o comportamento da espécie demonstre o contrário, vide guerras, massacres, genocídios e barbaridades de toda espécie e, para resumir, a história da estupidez humana. Por ser "racional", o ser humano se espanta quando uma égua parte disparada em busca da liberdade; no seu racionalismo, embora conheça o significado da palavra liberdade, com o mínimo que lhe é dado, ele pouco a utiliza, e quando um animal irracional procura ser livre, vira notícia de primeira página nos jornais.

Desprovido de quatro patas para locomover-se com agilidade e elegância tal e qual os equinos, e muitas vezes invejoso de uma espécie mitológica, a do centauro (embora mito, desfilava elegante, charmoso e com grande vigor sexual), o ser humano inventou um veículo de quatro rodas que conduz cada indivíduo da espécie para onde ele bem quiser se o indivíduo, é claro, tiver grana suficiente para adquiri-lo. E quando o compra, acontece o pior: ele se imagina o dono do carro, mas o carro o possui, dirige e atormenta.

Na ilusão de assim resolver seu problema de locomoção, o animal racional terminou por criar graves problemas de trânsito, além de atrapalhar os veículos de transporte coletivo, e dessa balbúrdia surge uma procissão de máquinas tão vagarosa quanto uma tartaruga paraplégica. Assim, ao observar o galope livre de Fiusca Blue, alguns animais da espécie racional, fechados nos seus carros, começaram a perceber a verdade: nem sempre as quatro rodas são melhores do que quatro patas.

Tardia constatação. Hoje estamos racionalmente condenados às rodas mecânicas, submetidos às leis da informática, escravos do computador e ligadões na internet, todo o aparato destinado a melhorar a nossa vida, mas que só melhorou o valor das ações das empresas tecnológicas cotadas no sobe e desce da Nasdaq e transformou jovens nerds imberbes em bilionários da noite para o dia. Por essa e por outras, sem receio de me acusarem de homem do neolítico, começo a duvidar da capacidade desta parafernália moderna melhorar a vida de alguém. Mas melhorar, mesmo, dar um sentido mais humano às nossas vidas tão curtas diante de todo o som e fúria que nos atormentam. É só ver os quilométricos engarrafamentos das vias de saída e entrada das grandes capitais nas vésperas de feriados para entender que mesmo dispondo dos melhores meios de transporte nada se consegue mudar, na história da estupidez humana.

Nada contra o progresso, tudo contra a rotina imbecilizadora e imobilista. Lembro a canção do poeta catalão Joan Manuel Serrat: *"A usted que corre tras el exito / ejecutivo de pelicula, / hombre agressivo e energico / com ambiciones politicas. / (...) ¿No le gustaria no ir mañana a trabajar / y no perdirle a nada excusas / para jugar el juego / que mejor juega y que más le gusta...?"*

A canção de Serrat é um convite ao executivo bundão para abandonar a vida dedicada a ganhar dinheiro, para jogar fora o terno e a gravata e viver a vida, (...) *"antes que les den el pesame / a sus deudos, entre lágrimas / por su irreparable pérdida / y lo archiven bajo una lápida"*. Sem conhecer Serrat, Fiusca Blue saiu, em desabalada carreira, à maneira de Forrest Gump, para jogar o jogo de que ela mais gosta: correr fora da raia, livremente.

E por isso, e pelo olhar desafiador para os fotógrafos depois de ter sido capturada, assim como quem diz, vou fugir de novo; pela mensagem de liberdade a lembrar os hippies dos anos 1960, e contra os bem-comportados fiéis da religião do progresso do novo milênio, saúdo em Fiusca Blue, égua libertária e inspiradora de rebeldias, a minha musa do verão do ano 2000.

Um jornalista

José Hamilton Ribeiro comemora este ano meio século de atividade jornalística com o mesmo entusiasmo da juventude quando optou por uma profissão fascinante, mas difícil e muitas vezes perigosa, como ele aprendeu, com sacrifício e por dolorosa experiência, na cobertura da guerra do Vietnã para a sempre lembrada revista *Realidade*. Na linha de frente, ao lado de outros jornalistas internacionais, ao progredir com os soldados, pisou numa mina que explodiu e levou sua perna esquerda. Seu relato valeu-lhe o primeiro prêmio Esso de Reportagem. Instalada a prótese, continuou a trabalhar e não parou até hoje

Desde os primeiros anos de sua carreira, quando o canto do doce pássaro da juventude nos embalava com a promessa de que no jornalismo teríamos condições de transformar o mundo, o entusiasmo permanente de José Hamilton em busca da notícia jamais foi juvenil ou inconsequente. Ele sempre exerceu a profissão, e assim continua, consciente de sua missão, não a de salvar o mundo, mas de dar o melhor de si em cada trabalho, em cada pauta, em cada reportagem, seja no texto escrito ou na transmissão pela tevê na qual continua no *Globo Rural*.

Zé Hamilton sempre faz a pergunta certa, seja para um chefe de governo, um grande empresário, um cientista prêmio Nobel, um artista célebre ou ao seu Zé criador de galinhas no interior do Brasil. E consegue boa resposta, logo transformada em texto límpido e atraente, ou então apresentada no melhor ângulo pela televisão. O interior do Brasil, o Brasil rural e profundo, é o seu palco preferido. Naquela paisagem desconhecida pelos urbanoides, ele desvenda para todos nós um admirável mundo novo criado pela terra, seja na grande plantação ou na pequena horta, no cerrado ou no agreste, na fazendola ou na escola de agronomia, nas picadas das matas ainda inexploradas, nas margens dos rios onde pescadores contam histórias fabulosas entremeadas de boas mentiras e surpreendentes verdades. Ou ao captar o pio de um passarinho ainda desconhecido dos ornitólogos.

Fascinado pelo trabalho, Zé Hamilton fica feliz como um pinto no lixo, na expressão do Jamelão, e se supera na apresentação do tema, olhos iluminados a convidar o telespectador para o passeio, quando a reportagem exige uma caminhada a cavalo, seja no pangaré do amigo caipira ou num animal de raça do dono da fazenda. Seu interesse por cavalos levou-o a escrever um livro sobre os mangas-largas, hoje infelizmente esgotado.

Esta identificação com o trabalho, realizado com gosto e talento, marca de um jornalista vocacionado e preparado para cumprir suas tarefas, fez de Zé Hamilton o profissional de imprensa mais premiado do Brasil. Não tenho espaço para listar os inumeráveis prêmios conquistados por ele no correr deste meio século, mas sei, com certeza, que outros ele receberá nos anos por vir, pois um jornalista de sua têmpera é guerreiro sem repouso, eterno curioso, perguntador insaciável, estudioso diuturno, e trabalhar assim seja uma forma de mudar o mundo, sem perder a ternura jamais.

Uma forma de mudá-lo ou de encantá-lo. Um exemplo da sua capacidade encantatória: no último prêmio Embratel de Jornalismo, Zé Hamilton concorreu com trabalho impecável de reportagem sobre a música caipira paulista que nasceu e prosperou no vale do Tietê, e cujos primeiros vagidos foram ouvidos, segundo Zuza Homem de Melo, no triângulo entre Sorocaba, Piracicaba e Botucatu com a viola acompanhando duas vozes, origem das duplas célebres, muitas vezes de irmãos, com nomes quase sempre (pelo menos o de um deles) no diminutivo, como Ranchinho, Chitãozinho, Carreirinho e outros.

Membro do júri do prêmio Embratel de Jornalismo de 2004, ao examinar os concorrentes (são mais de duzentos nas diversas categorias) indiquei o programa do Zé Hamilton apresentado no *Globo Rural*, não obstante o valor dos outros trabalhos inscritos na categoria de jornalismo cultural. E na consulta aos companheiros, entre os quais o interlocutor permanente é sempre Zuenir Ventura, depois de dias de exames da boa produção anual dos jornalistas brasileiros, a reportagem sobre os sobreviventes da música caipira paulista se destacava entre as outras.

Trata-se de trabalho jornalístico tecnicamente perfeito, com toques de etnomusicologia e pontuado por depoimentos de autores e cantores de uma forma de expressão musical singela, mas tocante, capaz de transmitir sentimentos, emoções, casos e até, às vezes, anedotas ou histórias picantes. Surgiram da alma artística de um povo simples, mas jamais simplório, trabalhadores da roça no cabo da enxada, da foice e do machado cujo dizer nem sempre segue a norma culta. As letras reproduzem o falar e o sotaque de brasileiros dos grotões, gente pobre e humilde, esquecidos e rejeitados pela indústria fonográfica pelos "erros" de português, mas hoje, depois de valorizados pelo jornalista Cornélio Pires, cooptados pelas grandes produtoras.

O trabalho jornalístico de José Hamilton Ribeiro representa valiosa contribuição à cultura nacional. E se alguma lição podemos tirar do seu desempenho, em toda a vida profissional, ela foi ensinada pelo jornalista Marcelo Beraba quando o saudou na homenagem que lhe foi prestada na ABI. Ao final de sua fala, citou o *Deep Throat*, personagem oculto do caso Watergate ao aconselhar os jornalistas Bob Woodward e Carl Bernstein: "Sigam o dinheiro."

E para os jornalistas presentes, Beraba concluiu: "Se querem realmente trabalhar bem, sigam o Zé Hamilton."

Em certo dia de julho de 2014 quando preparava textos para este livro, acordei cedo e liguei a TV. E lá estava, no Globo Rural, o Zé Hamilton. Desenvolto, cabelos e bigode brancos apresentando sua reportagem sobre os rios que morrem de sede (título de um livro do saudoso Wander Piroli) no interior de São Paulo. O homem é infatigável!

Sobre ratos e homens

O romance *Of mice and men*, de John Steinbeck, publicado em 1937, narra a peregrinação de dois desempregados nos EUA dos anos 1920, em busca de trabalho que desapareceu quando a crise da Bolsa de 1929 e a depressão econômica deixaram na miséria milhões de norte-americanos. Vítimas da ratoeira armada pelo capitalismo em colapso, os dois vagueiam pelo Meio-Oeste americano, desesperados e sem perspectiva de vida, como ratos num labirinto de laboratório, incapazes de encontrar a saída.

Apesar da metáfora de Steinbeck, nada mais diferente de um homem do que um rato, certo? Errado. Novos estudos na área da genética demonstram que somos muito mais parecidos com o Mickey Mouse do que com os chimpanzés africanos.

Lamento informar, mas nós, homens e (desculpem a comparação) ratos, temos um ancestral comum, um avô que viveu há 75 milhões de anos – não tenho o menor interesse de saber como era –, e dele herdamos sequências similares de coleções de DNA em evolução separada, mas que ainda se parecem muito. A revista *Nature* informa que mais de 90% dos genes envolvidos em doenças seriam idênticos em roedores e humanos. É mole?

Ser descendente do chimpanzé já não nos deixava bem, pois nos considerávamos criados à imagem e semelhança do Senhor. Mas primo-irmão de ratos e ratazanas? É duro de acreditar, embora a semelhança apresente um lado positivo. Talvez esta origem comum explique a existência de tantos humanos roedores, especialmente nas proximidades dos negócios públicos. Com aparência de gente, mas genoma de ratos, tais humanos vivem cevados em gordas comissões, a onerar os orçamentos das várias esferas do governo.

Esses indivíduos não eram (não são) corruptos ou ladrões e não cometiam (não cometem) crimes capitulados no Código Penal. A ciência, sempre a ciência, nos esclarece sobre o comportamento dos lalaus da vida. Trata-se, no caso, da prevalência do gene do camundongo, a causar compulsão idêntica à do rato que vai roer o seu (isto é, o nosso) baú. E aí não dá outra. O cara mete a pata, isto é, a mão, mesmo.

Corrupção, portanto, sai da esfera do Ministério Público e da Justiça e, agora, será estudada como um fato da natureza que só a decifração completa dos genomas dos ratos e dos homens explicará convenientemente. Enquanto não se elucida de uma vez por todas a cadeia (epa!) do genoma de ratos e homens, aconselha-se a colocação de ratoeiras perto dos cofres públicos, para assim prender e recolher os roedores à cadeia (epa! epa!) da delegacia mais próxima.

Jornal do Commercio, 6 de dezembro de 2002.

Em Cuba, com John Lennon

Quando o poeta Gerardo Mello Mourão regressou de Pequim, onde passou dois anos na condição de correspondente da *Folha de S.Paulo*, os amigos cobraram dele um livro sobre a China. Com a sabedoria de um mandarim cearense, ele respondeu: "Se um jornalista brasileiro vai à China e passa uma semana, na volta escreve um livro. Quando a viagem dura um mês, o sujeito desconfia, há um mundo para ele desconhecido e então só escreve um artigo. Mas se a permanência for de dois anos, no regresso ele não escreve nada; em dois anos ele aprende que para explicar o planeta China é indispensável viver lá pelo menos dez."

Cuba não é a China, mas se você passa uma semana em Havana, confinado à ilha da fantasia, aquela região dos hotéis e restaurantes onde o dólar circula, continuará a léguas de distância do cerne do problema cubano. Você pode andar pelas ruas, tomar mojitos no La Bodeguita, o bar frequentado por Hemingway, visitar a casa de Alejo Carpentier, comover-se com a resistência dos cubanos e sentir a atração por uma cidade caribenha da qual nenhum brasileiro escapa. Mas daí a escrever sobre Cuba e seus problemas vai um abismo.

No entanto, se você assistir ao filme *Suíte Habana*, documentário longa-metragem de Fernando Pérez sobre as 24 horas de diferentes habitantes da capital cubana, vai conhecer e "entender" um pouco, senão Cuba, pelo menos Havana. Trata-se de um filme às vezes alegre, outras doloroso, mas nunca cético; sempre otimista, sobre a condição humana submetida a duro regime socialista e a um cruel bloqueio econômico.

Nos primeiros vinte minutos você vai sendo apresentado à vida diária dos personagens, cujas histórias serão contadas nos setenta minutos seguintes. No começo, a trilha sonora registra apenas os ruídos da cidade e os movimentos de cada um, sem narrativas ou entrevistas. A música (Silvio Rodríguez, Pablo Milanés) só virá mais tarde, no desenrolar das histórias. Com habilidade e ternura, sem perder o fio da narrativa jamais, Pérez passa a mostrar a vida real de cubanos de várias profissões e atividades. Assim compõe uma sinfonia de imagens e, sem palavras, conta o dia a dia de uma cidade cujos habitantes, apesar do bloqueio ianque, ainda levantam todos os dias com a esperança de que algo melhor aconteça em suas vidas. No espaço de uma crônica é impossível escrever sobre um filme estudado e elogiado por críticos de vários países. Mas entre os personagens captados pela câmera, você ficará intrigado com os que se revezam, dia e noite, na vigilância de uma estátua em um parque da cidade. Cada um passa seis horas olhando-a como se estivesse num ato de adoração, numa prece contrita. Para quem visita Havana pela primeira vez é difícil saber quem é. José Martí? O Che? Camilo Cienfuegos? Não. E muito menos Fidel. Trata-se da estátua de John Lennon.

Imagine! Sim, o beatle assassinado de forma brutal por um maníaco nos EUA recebeu homenagem do governo comunista de Cuba. A estátua de Lennon é tão realista que o escultor colocou os óculos do cantor com aros de metal e vidros no lugar das lentes. Mas os fãs dos Beatles de Havana se dedicaram ao esporte de roubar os óculos da estátua. A solução encontrada para evitar os roubos foi a vigília, diuturna, chova ou faça sol.

Se você for a Havana, pegue um táxi na porta do hotel e peça para ir ver a estátua de John Lennon e o seu guarda, homem ou mulher, sentado diante dela. O táxi o levará até o local, você desce e vai até o centro do parque para observar aquela cena impensável em qualquer país do mundo. Na volta, dê um dólar extra ao taxista, pois ele é funcionário do Estado, ganha pouco e precisa desse dólar para melhorar sua vida.

Assim como os vigilantes da estátua de Lennon, todos os personagens do filme de Pérez são cubanos capazes de resistir; apesar de tudo. Resistir – como demonstra o filme –, sem apelos demagógicos, dramas ou heroísmos, mas com a força haurida do mais humano que existe em cada um deles. Com a força dos apegados aos pequenos, mas fundamentais aspectos da vida. Um filme emocionante, comovente, imperdível.

Jornal do Brasil, Caderno B, 18 de fevereiro de 2004.

Freud e a mídia

Para lembrar a passagem do centenário do livro *A interpretação dos sonhos*, de Sigmund Freud, Alberto Dines dedicou um programa do *Observatório da Imprensa*, na TVE (hoje TV Brasil), ao tema "A mídia no divã". As relações entre psicanálise e mídia constituem tema fascinante e vasto; para ser apenas esboçado exigiria não um, mas vários programas. Mas valeu a iniciativa ao abordar um assunto polêmico e discutir alguns tabus (e totens?) que cercam as reflexões sobre os meios de comunicação.

No correr do programa, surgiu a pergunta se Freud seria hoje um crítico da imprensa. Sem conhecer bem sua obra, ousei lembrar sua irritação com as notícias publicadas nos jornais da época sobre seu trabalho, quase sempre inexatas, eivadas de erros grosseiros e muitas vezes com caricaturas para ridicularizar seus estudos. Freud era chamado com ironia de *Herr Professor* em editoriais e artigos, e chegou a escrever uma carta ao *New York Times* para reclamar de notícia publicada no suplemento literário do jornal com grosseiros erros factuais sobre seu livro *A interpretação dos sonhos*. Como se vê, desde aquela época os erros dos jornais surgiam estampados todos os dias nas folhas, enquanto os dos médicos repousavam nos cemitérios, os dos juízes apodreciam nas cadeias ou estavam soltos, e os dos psicanalistas, bem, vamos deixar para lá os erros dos psicanalistas por respeito ao Dr. Freud.

Na sua ira contra os jornalistas, Freud enfrentou o mais combativo jornalista de Viena, Karl Kraus, este sim, duro crítico da imprensa conservadora, especialmente do grande jornal da Áustria de então, o *Neue Freie Presse*, que Freud assinava. Escritor vigoroso, moralista, iconoclasta e satírico, Karl Kraus era o diretor, redator e único colaborador do semanário *Die Fackel*, isto é, *A Tocha*, ou *O Archote* admirado por Elias Canetti e à época comparado com o satirista latino Juvenal.

Capital do império dos Habsburgos sob Francisco José, Viena da época, tal como notou Renato Mezan em seu *Freud pensador da cultura*, era um poderoso centro artístico e cultural onde viviam e conviviam grandes artistas, cientistas, jornalistas, figuras como Gustav Mahler, Gustav Klimt, Anton Brucknner, Hermann Broch, Wittgenstein, Sigmund Freud e seus seguidores e Robert Musil. Em seu livro *The Austrian Mind*, ao analisar a história do império dos Habsburgos, de 1848 a 1938, o historiador americano William M. Johnston descreve o cenário da cultura, da arte e da ciência austríacas, panorama de impressionante fecundidade onde aparecem nomes eminentes em todas essas áreas.

Em *Viena fin de siècle*, Carl Shorske traçou um panorama do esplendor daqueles anos, fim de época cultural efervescente, que em mais alguns anos entraria em decadência e culminaria com o desmembramento da Monarquia Dual após a derrota da Áustria ao fim da Primeira Guerra Mundial e o exílio do kaiser Guilherme II na Inglaterra.

Um parêntese para informar que à época, em Viena, também vivia um obscuro pintor e desenhista, chamado Adolf Hitler, que, segundo sua última biografia, costumava ler jornais de escândalo, ou de segunda linha, a imprensa amarela da época. O parêntese serve para notar como a leitura de imprensa de má qualidade pode, às vezes, contribuir para mudar um destino pessoal e até a história do mundo.

Mas voltando a Freud e Kraus, segundo Peter Gay, em *Freud, uma vida para o nosso tempo*, depois de alguns anos de relações amistosas, ainda que sem nenhuma intimidade, Kraus levantou objeções veementes contra as aplicações grosseiras, então em voga, das ideias freudianas a figuras literárias – inclusive ele mesmo. Segundo Gay, numa dessas tentativas, um colaborador e mais tarde ex-amigo de Freud, Fritz Wittels, tentou diagnosticar o *Die Fackel* como mero sistema neurótico. Exasperado, Kraus dirigiu algumas farpas agudas contra Wittels às vezes de baixo nível, e definiu a psicanálise como a doença que o tratamento propunha a curar. Freud desdenhava quase tanto quanto o próprio Kraus da vulgarização pela imprensa das suas ideias sobre o método psicanalítico, mas atacou-o em termos duros em carta a Ferenczi: "O senhor conhece a vaidade desenfreada e a falta de disciplina desse animal talentoso, K.K." Em outra carta, Freud confidenciou a Ferenczi ter adivinhado o segredo de Kraus: "Ele é um louco idiota com um grande talento histriônico, que lhe permite arremedar inteligência e indignação." Musil costumava dizer que em Viena existiam duas coisas contra as quais não se podia lutar: *A Tocha*, de Kraus, e a psicanálise.

Enfim, tal como tantos cientistas despreparados para transmitir com clareza o que sabem e o que pensam a jornalistas muitas vezes despreparados e incapazes de entender o emaranhado de teorias complicadas, Freud também não tinha simpatia pela imprensa. Talvez a considerasse um mal inevitável. Nas raras alusões aos jornais encontradas em sua obra, numa delas relacionou a censura imposta aos jornais na Rússia czarista à autocensura de cada um de nós, diria ao alter ego, se não me engano.

Mas o tema é vasto e merece outras considerações. Voltaremos a ele, por outros ângulos, e convidamos a todos os interessados no assunto que escrevam, com críticas e sugestões. Certamente *Herr Professor* não gostaria de ver suas ideias discutidas na imprensa dessa forma. Mas depois de um século passado da publicação de *A interpretação dos sonhos*, ele não pode mais protestar com suas cartas iracundas, e assim vamos em frente.

Jornal do Commercio, 4 de dezembro de 2000.

O poeta move a Terra

De repente, a caminho da cidade,
ocorreu-me a náusea do mundo.

PAULO MENDES CAMPOS

O poeta move a Terra. Lento, mas persistente, com a força da palavra ele reforma a realidade e transforma o concreto. Ao elaborar seu poema a partir da vida e do cotidiano, retira da circunstância o dado essencial. Sua frase, mesmo banal, revela todo o sentimento do mundo. Desde cedo está ligado ao transe poético, e, por mais que se esforce para encontrar outras lides, volta à poesia. Em cada poema reescreve a luta do homem, em busca de permanecer na condição humana, mesmo desprovido de tudo, pela realidade em que vive.

Assim vejo o poeta Paulo Mendes Campos, este menino que adotou o Rio de Janeiro, com seu domingo azul do mar, cidade escolhida para viver a sua vida de adulto e, aos 69 anos, morrer. "Os que morrem se tornam os meus maiores amigos. É horrível contemplar os que amo cobertos de flores. No entanto, desde o momento em que alguém me diz morreu, ele se incorpora entre outros, em uma perfeição de sentimentos."

Assim o poeta falava de seus mortos, palavras que servem também para ele. Pois em sua vida de criador construiu obra poética perene, perfeita na sua imperfeição, às vezes sutil e enigmática, mas sempre reveladora dos desencontros e do estranhamento. A obra cuja síntese é perplexidade diante do mundo pleno de claros enigmas que o devora mesmo quando por instantes, nos pontos mais altos da sua poesia, nas suas pedras de toque, o poeta consegue decifrá-lo.

"Quando perdemos a voz / Fala de nós e por nós / O personagem sem medo / Cujas palavras de ouvido / Compõem o outro sentimento / Do segredo de degredo" são versos de seu poema "O poeta no bar", em busca incansável da palavra fugaz e fugidia, escondida no recôndito do poeta, munido de "malarmaica paciência" à sua procura. Mesmo quando perde a voz, mesmo depois de morto, o poeta move a Terra. Sua palavra permanente entre nós, intocada, viva na leitura. Ressuscita, a cada momento em que alguém abre seu livro para ler, revive na imaginação de cada um de nós, envolve-se com o sentimento que nos anima no mundo em nosso redor, na nossa angústia, na alegria, na nossa dor.

Quando escreve, o poeta encontra novos caminhos, na tentativa da revelação. "Poesia promete sangue, suor, lágrimas, água, pão, flor e nada", informa Paulo Mendes Campos numa síntese perfeita, num dos seus "Coriscos no parque", no livro *Diário da tarde*. Ele tenta uma definição que lhe escapa, pois parece intangível, mas insiste na procura de novos caminhos, mesmo que levem ao nada. São caminhos tortuosos, sem volta, onde a cada curva a palavra bandoleira nos espera, pronta para um assalto ao sentimento, em nome da razão. O poeta sabe que na luta pelo delírio o combate é difícil, mas travou esta batalha encarniçada, na tentativa de encontrar lá no fundo do poço o significado de tudo.

Sua vida se constituiu da busca do sentido da poesia. Em autobiografia precoce, escreveu: "Nasci a 28 de fevereiro de 1922, em Belo Horizonte / No ano de Ulysses e de 'The Waste Land' / Oito meses depois de Marcel Proust / Um século depois de Shelley afogar-se no golfo de Spezia / Nada tenho com eles, fabulosos, / Mas foi através da literatura que recebi a vida / E foi em mim a poesia uma divindade necessária /."

Esta indispensável divindade, que permanece latente a cada instante da vida do poeta e também fala do seu fim: "Quando a grande pequenina morte que carrego comigo chegar / Não sou ninguém e nem devo dizer que não amo a minha morte. /... Vai comigo a morte, vou comigo a morte. /"

Cada ser humano alcançado pela poesia de Paulo Mendes Campos transformou-se. O homem cujo convívio era privilégio dos amigos construiu obra aberta, generosa e alentadora, nem sempre valorizada pela indústria cultural, ou pelos meios da comunicação. O poeta precisa morrer para que se lembrem dele, para que o descubram, e seu nome apareça nas primeiras páginas dos jornais.

Até com sua morte, o poeta move a Terra.

Tempo de tubarões

Só nos faltava essa. Com tantos problemas de segurança na cidade, agora surgem dois tubarões nas praias do Rio de Janeiro, para amedrontar os banhistas nativos e afugentar possíveis e raros turistas. Nos últimos dias poucos cariocas se aventuraram a entrar no mar. E no Nordeste, as notícias sobre ataques aos banhistas das praias de Pernambuco alarmaram a todos ao som da aterradora trilha sonora do filme de Steven Spielberg, a anunciar o ataque da fera, a perseguir até os corajosos que molhavam os pés onde as ondas se desfazem.

Mas para nosso alívio, especialistas em tubarões nos tranquilizam. Os predadores vieram para as águas do Rio de Janeiro, dizem eles, atraídos por um cardume de peixes da espécie bonito, ou pela temperatura da água, elevada, nesta época do ano. Será verdade? Se for, menos mal. Por um momento de fantasia, imaginei os monstros marinhos acercando-se da arrebentação de Copacabana arrastados pelo odor do sangue fresco esguichado pela violência da cidade.

Mas tubarão é tubarão. Mesmo com a garantia do biólogo Ulisses Gomes, sobre as espécies visitantes do nosso litoral. Os grandes monstros marinhos nada têm de perigosos, assegura o cientista, e alguns deles, segundo definição de "tubarão" no dicionário Houaiss, são inofensivos. Benza-os Deus. Gomes cita o tubarão-martelo, habitante das águas do alto-mar. Na época da reprodução, as fêmeas da espécie se aproximam do litoral para ter seus filhotes e nadam próximas à costa por algum tempo. Pelo sim ou pelo não, nesses dias é bom não se aproximar das martelas. Qualquer animal, terrestre ou marinho, quando procria, vira fera, e, no caso da *tubaroa* ela é mãe ferocíssima na proteção da prole.

Então, a acreditar no biólogo e no dicionário, o tubarão-martelo, um dos bichos mais feios mostrados nos documentários realizados sobre vida animal no mar, apesar da feiura, não ataca os banhistas, e só as fêmeas aparecem nas nossas plagas para reproduzir-se em segurança. Sua ânsia é pela continuação da espécie.

De qualquer forma, sendo martelo ou de outra família, tememos os tubarões, quando eles invadem a nossa praia. Temor até certo ponto infundado, em relação ao peixe citado, dizem os biólogos. Talvez tenham razão.

Mas tubarões piores são os corruptos de todas as espécies que arrancam nacos do dinheiro público com aquelas mandíbulas insaciáveis e dentadas certeiras, a sangrar o pobre contribuinte. Esta, a espécie insaciável, a temer e combater sem tréguas, pois procuram não as águas rasas e claras do litoral, mas as profundas, onde agem na escuridão, com mandíbulas afiadas para assaltar o Tesouro nacional.

O Big Brother entre nós

Os produtores do programa *Big Brother*, aqui e na Europa, pagaram direitos autorais aos herdeiros de George Orwell? Se não, tais herdeiros, se é que existem, ainda podem cobrar um bom dinheiro das televisões que exibem o programa. O Big Brother, como se sabe, é personagem invisível do romance *1984*, livro escrito em 1949 por Orwell, um ex-comunista, para denunciar o estado totalitário da União Soviética. Na sua ficção política, um poder infinitamente mais controlador que o soviético dominaria o Ocidente em 1984 – que naquele ano de 1949 ainda parecia longínquo.

Ditador invisível, o Big Brother criado por Orwell observava e controlava a vida de todos por meio de câmeras de tevê instaladas na casa de cada cidadão. Quem aparecesse no vídeo em situação fora das regras prescritas era considerado subversivo e submetido a lavagens cerebrais, até que declarasse sua adesão ao governo e amor pelo Big Brother. Mil novecentos e oitenta e quatro chegou e passou, mas hoje, anos depois, o sucesso de um programa, que se baseia exatamente na observação diuturna da vida de um grupo de cidadãos pelas câmeras da televisão, demonstra que Orwell pode ter errado na data, ou sobre quem controlaria a vida do cidadão comum, mas sua profecia parece prestes a se realizar.

O programa não passa de tentativa de conseguir maior audiência e faturar mais, é uma jogada comercial – mas ele sugere, até pelo nome, que o Big Brother de Orwell ou um *ersatz* dele começa a aparecer na sociedade globalizada. Nos últimos anos cresceu de tal forma o monitoramento por parte do governo, dos bancos, e das empresas de mala direta e telemarketing, dos googles e quejandos que eles acabam sabendo muito mais sobre nós do que nós mesmos, e nos controlam. Só podemos fazer o que eles permitem que façamos, e nos induzem de forma avassaladora a fazer tudo o que eles querem.

Enquanto isso, as câmeras de tevê nos observam em todos os lugares: nos bancos, nas entradas de edifícios, nas estradas, nas ruas (em Londres, a vigilância é permanente, existem câmeras até nos táxis), nos locais de trabalho onde todos estão ao alcance das câmeras e nas casas de família. E isto sem falar da espionagem permanente do espaço por satélites, alguns dos quais, segundo especialistas, são capazes até de mostrar uma mosca pousada na careca de um homem perdido na multidão de um centro urbano. Passam os dias no espaço monitorando nossa vida aqui embaixo, sem que a gente perceba. E da soma de cada um desses controles, ao controle total do Big Brother, vai um passo, que em breve será dado.

A curiosidade que desperta o programa da televisão e o interesse das audiências pelo filme *O show de Truman*, história de um infeliz monitorado por um programa de tevê desde que nasceu, indicam que a privacidade, um dos direitos humanos, está prestes a ser descartada pelos que controlam os interesses comerciais e a segurança política. Hoje pode ser muito engraçado ver aqueles infelizes observados pelas câmeras, mas ao fim e ao cabo a história corre o risco de se tornar muito triste, como no romance de Orwell.

Pelo título, *1984* parece ficção científica caduca, coisa do passado. Mas uma leitura atenta mostrará a aterradora realidade do presente. E ameaça ainda maior, para o futuro. Quem ler ou reler o livro vai aprender um pouco sobre o mundo de hoje. Mas antes de começar a leitura, recomenda-se verificar se uma câmera oculta não o espiona. Você não sabe, mas o Big Brother já está atento, controlando e dirigindo nossas vidas.

A luta vã e a condição humana

Escrever sobre o ato de escrever constitui saída sorrateira, quase lugar-comum à disposição de cronistas sem assunto ou escribas preguiçosos. Gostaria hoje de escrever sobre este tema, não por falta de assunto. Basta dar uma olhada nos jornais para encontrar grande variedade deles; se o cronista, morador no Cosme Velho, observar a floresta, surpreenderá um casal de borboletas azuis em voo circular, de evidente sentido erótico borboletal. Elas são descendentes diretas de outras, tão azuis quanto estas, observadas por Machado de Assis no seu tempo e registradas em crônica famosa. Mas hoje dispenso o voo amoroso das borboletas.

Dispenso também os temas que provocam a nossa indignação cívica, a exemplo do escândalo político... bem, de escândalos políticos os jornais estão permanentemente abastecidos, refletidos nas nossas retinas tão cansadas. Ou a fúria homicida de George W. Bush, voltada contra outro ditador sanguinário, Saddam Hussein. Este, pelo menos até que os observadores da ONU provem o contrário, não dispõe de arsenal nuclear ou bacteriológico, e assim até aqui está "limpo". Limpo? De que forma alguém com a história de Saddam pode estar limpo? Retiro a palavra. Mas o outro está mais sujo que pau de galinheiro. Quer porque quer e vai acabar nos levando todos para o abismo, Deus nos livre.

Mas, a exemplo de meu avô, estou matutando, seu verbo preferido para referir-se ao ato de pensar sobre se vai chover ou não, a consultar ao joelho se dói ou vai doer, sinal certo de chuva. Enfim, matutar para mim pode ser também uma forma de dedicar-me ao vício da preguiça, mas se assim for, assim seja. A história de Unamuno e de seu jardineiro pode até me absolver do referido vício. Estou com preguiça, mas vou contar: Unamuno sentado no banco do jardim, quieto, a refletir, seu jardineiro pergunta: "Descansando, D. Unamuno?" E a resposta: "Não, estou trabalhando." No dia seguinte Unamuno vai ao jardim tratar das plantas. E à pergunta "trabalhando, D. Unamuno?, o filósofo responde "Não, descansando".

Ao atingirmos a idade da razão, tomamos consciência de que mais cedo ou mais tarde o tempo acaba por nos derrotar, eu ia dizer, de forma inexorável, mas o leitor desconsidere o adjetivo. O tempo nos derrota e ponto. Ou, como diria Machado, nós matamos o tempo e ele nos enterra. Mas apesar dessa constatação desagradável sobre a nossa finitude, a consciência de que, mesmo quando nos sentimos bem no melhor da nossa forma física e intelectual, tudo passa, tudo passará, como as ondas do mar, no verso do Nelsinho Motta, da canção do Lulu Santos, resta-nos, aos utentes da palavra, seja de forma talentosa ou canhestra (caso do cronista), o consolo de, vamos dizer assim, e deixar o verbo bem isolado – reconstruir.

A palavra escrita é um dos instrumentos para reconstruir e preservar o passado, assim como nos tempos de Homero, ou antes, quando o ser humano deixava a narrativa de sua existência pela forma oral transmitida pelas gerações. Mas na galáxia de Gutemberg que inclui o Google e toda a parafernália "internética", ainda a palavra escrita, tal como no jogo do bicho, é o que vale. Assim, reconstruímos ao escrever. Esta é a sensação que sinto, ao escrever a história do *Jornal do Commercio*, o texto e a pesquisa levando-me a um passeio pela história dos últimos 180 anos do Brasil. A tarefa confirmou minha impressão antiga: o ato de escrever, embora difícil, muitas vezes torturante – já reescrevi o primeiro capítulo, a chegada de Pierre Plancher ao Brasil, mais de 20 vezes e ainda não está bom –, é compensador.

Por editar em Paris obras do pensamento iluminista, Pierre Plancher fugiu da repressão da Restauração dos Bourbon e veio para o Brasil, onde fundou o *Jornal do Commercio* e deixou sua marca cultural no Brasil do Primeiro Reinado. Essa tentativa de traçar em algumas linhas a história da imprensa brasileira, terreno dos historiadores invadido sem pedir licença, é um dos privilégios da condição humana, mas logo me arrependo de ter escrito estas duas palavras.

Condição humana. Ao referir-me a ela lembro-me de uma charge da caricaturista Mariza, publicada na revista *Ficção* de saudosa memória. Com seu traço original, ela criou um cenário na floresta, onde um macaco lê *A condição humana*, de André Malraux, para um grupo de animais irracionais, da hiena ao leão, todos ouvindo a leitura às gargalhadas.

Li em uma página de Elias Canetti, não me lembro qual, estas palavras anotadas ao sentir nelas alguma relação com a caricatura de Mariza: "Em qualquer ocasião em que você observa um animal bem de perto, você sente como se algo de humano, instalado dentro dele, estivesse zombando de você."

Ceticismo bem-humorado de Canetti e de Mariza? Não sei, e fico pensando, matutando, enquanto o tempo não me enterra, maldito Machado! E chego à amarga conclusão: estou num dia de mau humor e aí numa pitada (no sentido de coisa minúscula, não daquela outra) de esperança lembro do poeta Drummond. "Lutar com a palavra, é a luta mais vã, entanto lutamos, mal rompe a manhã." Tentamos reconstruir o mundo com palavras, mas não será tudo isto algo ridículo e risível até para os irracionais ou, pelo amor de Deus, um pouco de otimismo serve para melhorar a nossa condição de humanos?

Conto de fadas às avessas

O título da matéria de *O Globo* chama o leitor: "Conto de fadas às avessas." No subtítulo, um resumo da história: "Ex-milionário morre pobre e só dentro de um ônibus." Em todos os contos de fadas as pessoas nascem pobres e viram milionárias? Talvez nos contos infantis de hoje, impregnados de ideias de globalização, as fadas, gordotas neoliberais, providenciem milionários (em dólares ou euros, em reais não serve) para meninas pobres, sofredoras e boazinhas. Mas na minha vaga lembrança, as ditas fadas, pelo menos aquelas de bom senso, utilizavam suas varinhas de condão para dar às afilhadas e aos afilhados (que merecessem, é claro) algo raro hoje em dia: a felicidade.

Escrevo sem ter certeza. Faz tanto tempo que li um conto de fadas que posso estar inteiramente errado. Na infância remota – e bota remota nisso –, eu preferia os gibis onde os mocinhos combatiam os vilões, alguns dos quais bem simpáticos, por sinal. Os gibis eram leitura para nós, homens, quer dizer, meninos, mas é claro, homens. As fadas povoavam histórias para as meninas.

Enfim, conto de fadas às avessas ou não, o título da matéria de *O Globo* me cativou e fui informado que um herdeiro de família rica, Carlos Eduardo Costa Pereira, o Cadu, de 51 anos, morreu em estado de pobreza quando viajava num ônibus. Os amigos dos seus anos finais, tempos de miséria, providenciaram seu enterro num cemitério em Ricardo de Albuquerque. Mais tarde a família transferiu seu corpo para o jazigo no cemitério São João Batista, e assim acabou a história.

A história de Cadu não acabou. O milionário renunciante a uma vida de prazeres e aos milhões da herança tem um quê de fábula, e sugere talvez um seguidor das ideias de são Francisco de Assis. Para quem quiser simplificar tudo, Cadu surtou e pronto. Mas depois deste "pronto", terminal, recuo: o conto de fadas às avessas não termina com a morte de Cadu. O relato de sua vida, sofrimento e morte é o resumo, às avessas, da tragédia moral repetida, às vezes como farsa, no Brasil de hoje.

Cadu é o trágico herói e ao mesmo tempo vítima de um processo social onde a fortuna e o sucesso, o Rolex e a Ferrari, a juventude e a beleza são indispensáveis para a aceitação da sociedade. E sociedade entendida não como o pequeno mundo (pequeno? pequeníssimo!) das colunas sociais, mas *toda* a sociedade. O figurino de comportamento da diminuta área da riqueza, no centro, se reproduz em círculos para os setores menos favorecidos e daí até aos pobres e miseráveis, todos em busca do que a loteria da vida concede apenas a alguns: a fortuna, e se possível, o sucesso, o poder e a glória.

Cadu fez o itinerário inverso, viveu na contramão. Ele não administrou bem os seus negócios. Perdeu muito dinheiro, embora ainda tivesse o suficiente para se considerar um milionário. Mas em certo momento de sua vida veio-lhe a seguinte ideia: era melhor ser do que ter. Talvez quisesse tornar-se um santo, talvez fosse um louco, não sei. Passou a fazer caridade, distribuiu os seus bens, a exemplo do *Poverello*. Ou então, leitor de Shakespeare, se encantou com o *Timon de Atenas*, a distribuir sua riqueza entre os "amigos".

Enquanto milionário, passava temporadas na Europa, frequentava o Country Club e desfilava de Mercedes pela cidade. Quando resolveu desfazer-se da fortuna, pródigo e condoído com a miséria do próximo, distribuiu o restante entre os pobres e tornou-se um mendigo. Segundo a matéria de *O Globo*, o homem, dono de um apartamento na avenida Atlântica e uma cobertura na Lagoa, estava dormindo em um colchonete, de favor, em uma casa na zona mais pobre da cidade, subúrbio distante. Consciente, ou inconscientemente, fez a opção pelos pobres.

Carlos Eduardo pode ter sido rico, incompetente na gestão de suas posses, um pródigo, ou um homem que, por ter desprezado os bens deste mundo foi considerado louco, ou um maluco beleza. Mas em sua loucura havia um certo método e se pensarmos um pouco nesse nosso ritmo de vida, nessa ânsia de conquistar o mundo e seus penduricalhos, talvez a reflexão nos leve a concluir que, afinal, somos nós que vivemos (um conto de fadas?) às avessas.

Jornal do Commercio, 21 de janeiro de 2003.

O engraxate de Nabuco

Entre os presentes à inauguração da estátua de Joaquim Nabuco na praça Manuel Bandeira, ao lado do Palácio Austregésilo de Athayde, justa homenagem ao grande abolicionista pernambucano, sugerida pelo presidente da ABL, Marcos Vilaça, e concretizada pelo prefeito Eduardo Paes, circulava um menino magrinho, bem moreno, com a aparência de 10, no máximo 11 anos, com sua caixa de engraxate.

Na forte ventania daquela tarde, a desmanchar os cabelos de damas e cavalheiros, talvez o sopro do espírito libertário de Nabuco pairando sobre todos, o menino se esgueirava entre os presentes, ágil, mas sem esconder o temor de ser repreendido por incomodar gente tão importante. Na insistência em sobreviver, talvez aquela que faltou ao Abílio, o garoto vítima de um infanticídio, da célebre crônica de Machado, ele repetia, a frase típica dos profissionais do seu ofício, "vai uma graxa, doutor?".

O momento e o local eram inadequados para o ofício ganha-pão do garoto. Ao oferecer seu serviço sem perturbar a quem se dirigia, não conseguia clientes entre os que homenageavam o autor de *O abolicionismo*. Reparei no seu ziguezaguear rápido e constatei a vocação do garoto para tornar-se um craque de futebol. Em mais alguns anos, bem treinado e bem alimentado, ele entraria com facilidade pela mais fechada das defesas adversárias com a bola nos pés, e mandaria o couro para o fundo das redes.

Em certo ponto de sua busca por trabalho, ele passou pela estátua. Parou um momento e seus olhos dirigiram-se para os sapatos de Joaquim Nabuco, mais parecidos com botinas do que com sapatos, e observei no seu olhar aquele fascínio despertado no profissional competente diante do trabalho a ser realizado.

Deve ter pensado, ou então eu pensei por ele: engraxar sapatos, isto eu sei fazer, eu gosto de engraxar bem, apesar da trabalheira que dá; quero ver o sapato brilhando. Imaginei o seu desejo de lustrar aquelas botinas de bronze. Mas ao voltar os olhos para o alto, meio desiludido, o menino percebeu que na condição de estátua, Nabuco não poderia remunerar os seus serviços, embora, e isto ele não sabia, em vida fosse generoso e até pródigo.

Tudo passou num instante fugaz. O menino voltou a circular com rapidez entre os presentes, e não encontrou quem necessitasse dos seus serviços. Finda a cerimônia, quando o grupo se dispersou, observei-o, solitário, com as pequenas mãos alisando as botinas da estátua, e a fisionomia a revelar que mesmo sem cobrar um centavo ele gostaria de ser o engraxate de Nabuco.

Apesar do afago, a estátua permaneceu imperturbável, a exemplo de todas as estátuas bem-comportadas. Mas enquanto me afastava, imaginei o que diria Nabuco, mais de cem anos após a sua morte, sobre a vida do menino engraxate à procura de sapatos sujos para sustentar-se e ajudar a família, em situação parecida com a das crianças obrigadas a trabalhar no regime escravocrata.

Na homenagem ao brasileiro que lutou contra um sistema desumano, na tentativa de ajudar a construir um país melhor, encontrava-se, obscuro e anônimo, o menor sem escola, sem comida, sem saúde e sem tempo para brincar, nem ao menos para bater uma bola, com companheiros de infortúnio, num terreno baldio. Quer dizer, sem futuro.

O pequeno engraxate é um brasileiro entre milhões de outros nas mesmas condições de vida. Ele nada sabe sobre o homem cujos sapatos despertaram seu interesse, um abolicionista que dizia não ter vocação para ser velho e certamente não pretendia ser estátua também.

Mas aos nossos ouvidos moucos de escutar tantas promessas, ecoam de forma atualíssima, mais de um século depois, as palavras de Joaquim Nabuco. Escritas com o fervor de um apóstolo, e o saber de inteligência e cultura raras, afirmou, no seu livro clássico, que a abolição da escravatura não seria o fim, mas sim o começo do processo capaz "de empreender um programa sério de reformas para que delas resulte um povo forte, inteligente e livre".

Um século após sua morte, este objetivo continua distante. Para ele, com a abolição, a luta por um Brasil melhor não terminara: era o começo para erguer um país capaz de oferecer uma vida melhor para todos os brasileiros.

A Coisa

A TV anunciou notícia espantosa: alguém inventara algo miraculoso nos Estados Unidos (e onde mais poderia ser?), a mãe de todas as invenções, a maravilha curativa capaz de mudar inteiramente a vida do ser humano no século XXI. Mas, atenção: por razões comerciais ela só seria revelada no ano 2002. Até lá nada seria divulgado, nem mesmo o seu nome; a ideia é ocultar todos seus méritos, pois não estão concluídos pequenos detalhes e alguém poderia roubar os planos da panaceia universal. Assim, até a divulgação, o portento será apenas *the Thing*, isto é, A Coisa.

Não vejo beleza na palavra "coisa", substantivo capaz de denominar qualquer coisa, especialmente quando a coisa permanece oculta e não se sabe que coisa é. Desse modo, no meu entender tal invenção não parece ser boa coisa. "Coisa e loisa", diziam os antigos, mas não tão antigos assim, porque para os antigos mesmo coisa era cousa, como se lê em Machado de Assis "(...) as cousas valem pelas ideias que nos sugerem", no conto "Trio em lá menor", mas a palavra cousa vai aí muito bem empregada, não fosse ele o Machado de Assis

Se o Bruxo do Cosme Velho assim escreve, adotemos a expressão Coisa/Cousa. Será ela uma boa invenção, tipo a roda ou a alavanca? Converso com os meus botões, hábito antigo, e concluo: depois da roda e da alavanca podem inventar qualquer coisa ou cousa, mas toda invenção será um repetir-se ao infinito. Indago também aos referidos botões se ela virá apenas para nos infernizar a vida ainda mais, no caso a parafernália digital? A exemplo de todos os botões bem-comportados, eles calam-se ou fingem não ter ouvido a pergunta. Mas a partir das mais recentes invenções sobre as quais tenho notícia, esta última hipótese me parece a mais provável. Por exemplo: perdoem-me os modernos, os pós-modernos, os modernosos e quejandos, mas nada mais descartável do que essa coisa do telefone celular (para alguns, causa hipertensão, outros, mais drásticos, câncer no cérebro), e outras coisas e loisas, a exemplo do cartão de crédito (que nos leva à falência com seus juros extorsivos), o pokemon, o baile funk, as séries de televisão importadas dos EUA e o chiclete de bola. Todas essas e muitas outras coisas, inteiramente dispensáveis, do meu desinformado e, tudo bem, aceito, anacrônico ponto de vista.

Podem acusar-me de viver no passado, mas também descarto as chatíssimas salas de conversa na internet e a própria só admito porque nada mais é do que um *ersatz* da comunicação por tambores no coração da África. Quer dizer, se a "coisa" vier pela direção do "progresso" eu, o desinformado e fora do tempo, estou mal. Mas se me permitem um palpite sobre o assunto, confesso meu desejo. Gostaria de uma Coisa, com C maiúsculo, para acabar com a pobreza, a injustiça social, o desemprego, as drogas e o tráfico delas, os crimes de toda espécie, os políticos desonestos, os lalaus da vida, os programas de auditório da televisão e a insegurança em que vivemos. Claro, eu sei, é pedir muito. Mas, quem sabe, se em vez de invenção para coisificar todos nós, o tal cientista bolasse algo para melhorar o ser humano?

Uma "coisa" assim certamente não daria muito dinheiro ao seu inventor, a exemplo da Nona Sinfonia de Beethoven, o retrato do Dr. Gachet, de Van Gogh, as ninfeias de Monet, o *Crime e castigo*, de Dostoievski ou a poesia do Drummond. Mas essas Coisas não fazem parte do repertório da economia de escala pós-moderna, e portanto aqui vai um aviso aos navegantes: preparemos o bolso.

A Coisa vai custar uma nota preta. E quem estiver abonado vai comprar. A publicidade está aí para não me deixar mentir.

Jornal do Commercio, 13 de janeiro de 2001.

Como se vê pela data da crônica, escrita na década passada, o segredo em torno da Coisa não foi divulgado. Ou o cronista, sempre mal informado, não se deu conta e a Coisa já está entre nós.

Bush e os elefantes

Nos tempos dos hippies, do *flower power* e da revolta da juventude, anos 1960, o grito pacifista "Faça amor, não faça a guerra" ecoava em todos os cantos embalado pelo musical *Hair*. George W. Bush, então em seus 20 anos, não participava do espírito de rebeldia juvenil. Estava preocupado em dirigir carros velozes e abusar do álcool, hábito que, graças ao bom Deus, abandonou, antes de se tornar o homem mais poderoso da Terra.

Mas, mesmo sóbrio, sua presidência foi marcada pelo ímpeto guerreiro. Depois do 11 de setembro de funesta memória, Bush invadiu o Afeganistão à procura de Osama bin Laden e depois atacou o Iraque, em busca de armas de destruição em massa até hoje não encontradas. Crente em Deus e convencido de que Ele o ajudou a livrar-se da bebida, mandou soldados americanos para a guerra. Hoje, mais de trezentos mil militares dos EUA defendem a liberdade e o *American way of life* com a conta paga pelo *tax-payer* americano, e, o mais trágico, a vida de jovens soldados dos dois lados e de civis iraquianos.

O conselho "Faça amor, não faça a guerra" perdeu a força na era Bush. Por qualquer dá cá aquela palha ele manda bala, sob os aplausos da turma do *National Rifle Association*. Guerra é com ele mesmo e, quem duvidar, prepare o lombo pois o *big stick* está tinindo e pode alcançar qualquer um.

Mas ao participar de um safári na África, o casal Bush teve o passeio pela selva de Botsuana interrompido ao ver um casal de elefantes em pleno ato amoroso. No primeiro momento, o escândalo. Em seguida, *voyeur*, o presidente ordenou à motorista do jipe que esperasse o fim daquele delicado enlace procriador.

Terminado o êxtase sexual entre os dois paquidermes, os elefantes se separaram e o jipe prosseguiu sua viagem, mas o presidente Bush teve a impressão de ouvir o elefante macho sorrir de alegria e dizer para ele:

– Faça o amor e não faça a guerra, presidente. É muito melhor!

Não, não, foi tudo ilusão. Afinal, Deus ajudou-o a livrar-se do álcool. Ele não bebera pela manhã, e seguiu caminho vendo cenas mais decorosas.

Jornal do Commercio, 12 de julho de 2003.

A arte de mentir

Viajante português do século XVI, Fernão Mendes Pinto foi até a China e ao Japão e voltou a Lisboa a narrar tantas aventuras, que na corte suas histórias valeram-lhe o apelido de *Fernão! Mentes? Minto*. Mentir não o impedia de ser cronista de estilo perfeito, autor da *Peregrinação*, obra-prima da literatura portuguesa, traduzida para vários idiomas.

Contar mentiras é virtude de todo bom escritor, embora Jorge Luis Borges garantisse só contar a verdade ao escrever suas histórias. Manoel de Barros tem uma frase definidora: "Tudo o que eu não invento é mentira." Mas quem acredita em escritor ou poeta?

A mentira foi condenada pelo escritor italiano Carlo Collodi. Ao ensinar a virtude da verdade às crianças escreveu a história do Pinóquio cujo nariz crescia quando ele faltava com a verdade. E assim com uma ficção, isto é, uma mentira, ensinou às crianças que não se deve mentir. Apesar de sua boa intenção, o nariz de Collodi não cresceu e da mesma forma não cresceram os narizes das crianças mentirosas. Em alguns casos, as bochechas delas ficam vermelhas. Esta é a razão pela qual muita gente diz que os políticos não tiveram infância.

Esqueçamos por ora as mentiras políticas e lembremos a mentira amorosa, aquela cantada por Shakespeare em um dos seus sonetos, traduzido por Ivo Barroso: "Quando jura ser feita de verdades / Em minha amada creio e sei que mente."

Mas no Brasil não há tempo e espaço para as doces mentiras nas relações do amor. Nos dias de hoje, e também nos de antanho, políticos de todos os matizes ideológicos têm se dedicado com grande sucesso à arte de mentir, e neste obrar, superam publicitários, homens de relações públicas e jornalistas.

Por isso, a política aborrece tanto aos homens de bem, a exemplo do escritor latino Juvenal. Convidado para ocupar uma cadeira no Senado romano, respondeu:

– Que hei de fazer em Roma? Não sei mentir.

Se vivo fosse, e quisesse aprender com rapidez, poderia fazer estágio na política brasileira, e até conseguir um doutorado na arte de mentir.

"Número de brasileiros na extrema pobreza aumenta"
"Parcela dos que vivem com menos de R$ 70 ao mês sobe de 3,6% para 4%."

O Globo, 6 de novembro de 2014.

As abotoaduras do presidente

Segundo o dicionário Houaiss, a abotoadura é adorno composto por dois botões interligados por uma haste ou corrente, usado para fechar punhos de camisas ou blusas. A palavra "adorno" nos remete não ao filósofo Theodor, mas a um joalheiro inglês, Matthew Boulton, o inventor da tal peça no século XVIII, e logo adotada pela aristocracia. A patuleia, vestida com panos de sacos, continuava a usar o botão simples, quando tinha camisa. A ideia de Boulton foi bem-aceita pelos *dandies*: contrapor duas faces de um pequeno pedaço de metal trabalhado, ligados por um pino móvel, para substituir o botão comum, na ligação dos punhos das camisas de suas farfalhantes camisas. Assim, a abotoadura estimulou a vaidade dos ricos e fez a felicidade dos joalheiros ao ser adornada com pedras preciosas e tornar-se joia indispensável à elegância da aristocracia na França. Certo dia, outra peça de metal afiado, bem maior por sinal, a guilhotina, mandou para escanteio o tal adorno masculino. Eficiente na degola dos Capetos, dos nobres e de quem lhe passasse pela frente, e do seu próprio inventor, a lâmina do Dr. Guilhotin não acabou com a abotoadura.

Terminada a fúria do Terror, o pequeno adereço voltou a ser sinal de elegância e riqueza da aristocracia restaurada e da ascendente burguesia, esta sempre interessada em se distinguir do proletariado. Ao exibir os punhos de renda adornados com aquela joia, mostravam a diferença que as separava da ralé, da ratuteia, dos *sans cullotte* e dos sem abotoadura. Nas décadas seguintes, seu uso constituiu sinal de riqueza ou de ascensão social.

Mas hoje, nestes tempos de simplificação da vida, e época de calor intenso, quando existe a camisa social de mangas curtas, abotoaduras parecem um anacronismo. Muita gente usa e gosta, e quem sou eu para criticar o gosto dos outros. O que é de gosto regala a vida, já dizia meu avô, de quem, por sinal, herdei um par de abotoaduras jamais usado.

Mas é preciso não esquecer: se o usuário quer ser (ou parecer) realmente elegante, deve exigir de quem cuida de suas camisas, os punhos com um grama de goma, para endurecê-los sem perder a leveza jamais. Caso contrário, ficam aqueles punhos amarfanhados, de causar ânsias de vômito ao Beau Brummel, o *dandy* que ditou as regras da elegância na Inglaterra em princípios do século XIX.

O favorito do Príncipe de Gales comprou tantas abotoaduras e gastou tanto em roupas e festas, que depois de vender tudo, inclusive as joias de Boulton, o belo Brummel passou seus últimos anos na cadeia, por não pagar dívidas, e os derradeiros dias num asilo de caridade. Mas nem por isso vamos deixar de citar uma das suas primeiras regras de elegância, masculina: evitar a ostentação. E claro que o conselho não valia para ele, o rei da cocada preta da extravagância e da jogatina imoderada. Se ainda estivesse entre nós, Brummel recomendaria as abotoaduras apenas para ocasiões especiais, quando se usa o smoking, por exemplo.

Assim, vi com espanto a foto do presidente Lula com suas abotoaduras. Ele mesmo, em muito boa hora, aboliu o traje de rigor nas festanças da posse, agora aderiu às abotoaduras? Não sei de onde veio essa ideia e esse penduricalho, mesmo adornado com a estrela do PT. Conta a lenda que o homem feliz não tinha camisa. Se não tinha camisa, abotoaduras nem pensar. Um presidente da República sem medo de ser feliz não pode se dar ao luxo de não ter camisas. Não pode dispensar camisas sociais discretas, mas elegantes, mas não precisa de abotoaduras.

Elas são perfeitamente dispensáveis. Mas se é para estimular os fabricantes (e os joalheiros), tudo bem. O presidente lançou a moda e certamente todos os seus companheiros na visita ao Nordeste para ver a situação de miséria e pobreza do povo brasileiro usarão abotoaduras em suas confortáveis camisas encomendadas a lojas elegantes de Londres ou de Paris.

O que é de gosto regala a vida, meu avô tinha razão.

Jornal do Commercio, 11 de janeiro de 2003.

Moderador de apetite

Outro dia conheci renomado nutricionista, professor de borda e capelo, em jantar preparado com esmero pelo anfitrião. Antes do jantar, quando serviam *hors d'ouevre* de dar água na boca, não tive condições de servir-me; o sábio alugou-me durante uma hora, para descrever a miséria e a fome a campear por este mundo de Deus. Enquanto ele falava, passavam sob os meus olhos os mais variados canapés, e copos reluzentes de bebidas alcoólicas inacessíveis para mim em função da forçada conversa e da posição em que me encontrava. Eu começava a me sentir mal, ao ouvir aquela dissertação sobre a fome no mundo. Contumaz cliente do consumo conspícuo, estava impedido naquele momento de avançar sobre o que ofereciam. Em vão procurava afastar-me daquele humanista e deliciar-me às costumeiras libações e comedorias de entrada, mas ele era desses que grudam e não desgrudam mais. Insistia em falar de populações inteiras no interior da África que se alimentam de raízes e insetos e da fome endêmica no interior do Brasil.

Neste ponto passaram bem ao meu alcance uma bandeja com scotch e outra com canapés de enchova. Pela primeira vez eu estava em condições de servir-me, quando o meu interlocutor interferiu no meu avanço e informou-me que só no Brasil toma-se o uísque como aperitivo. Na verdade, garantiu, trata-se de um pecado, pois o *scotch* alimenta e perde assim a primeira virtude do aperitivo, isto é, aguçar-nos o apetite, e além disso anestesia as papilas gustativas, impedindo-as de gozar, em plenitude, do sabor do alimento que virá depois. Por sinal, prosseguiu, dando um toque de humor à conversa, a pior hora do coquetel, para o bebedor de uísque, é aquela em que a anfitriã anuncia "o jantar está servido". Deu uma risadinha e prosseguiu, tente outra bebida, o uísque acompanha a comida, como se fosse vinho – assim fazem os escoceses, nas *high lands*, explicou-me esbanjando erudição – ou depois da refeição; mas não logo depois. Meia hora, pelo menos, depois do ágape, no lugar do conhaque, ao gosto do freguês.

Outra vez engoli em seco e desisti do uísque. Voltei minha atenção para as enchovas, quando o professor perguntou se eu sabia quantas crianças morrem de fome no Brasil, por ano. Não, eu não sabia. Ele olhou para mim, depois observou o prato de canapés que o garçom me oferecia. "Coma, coma" insistiu. "Não, não, depois" disse eu. "Pois bem", disse ele. E chegando-se para mais perto me informou, quase rente ao meu ouvido, sobre a desnutrição infantil: "Ninguém sabe, mas deve andar aí pelos três milhões." Qual é o sabor dos canapés?

Aguentei mais alguns minutos de dissertação sobre a sociologia da mandioca, e as virtudes do jiló, quando alguém anunciou que o jantar finalmente fora servido. Qual não foi a minha surpresa, ao ver o nutricionista tirar uma pílula do bolso e engoli-la rapidamente.

– Remédio? – perguntei.

– Não, a segunda dose do moderador de apetite – respondeu. – A primeira, tomei antes de vir para cá.

E dirigiu-se fagueiro para a sala de jantar.

Eduardo Portella

Ninguém diria, mas Eduardo Portella completou 70 anos. Ao vê-lo na Academia, na última quinta-feira, perguntei-lhe qual o seu elixir da juventude, ao manter-se tal e qual o Portella que este cronista, ainda um plumitivo, entrevistou para o *Jornal de Letras* no longínquo ano de 1957.

Naquele mesmo ano, San Tiago Dantas comprara o *Jornal do Commercio* de Elmano Cardim. À época, diziam as más línguas, San Tiago Dantas, então considerado o homem mais inteligente do Brasil, encontrara alguém mais inteligente: Elmano Cardim. O então dono do jornal conseguira vender para ele o velho órgão da imprensa brasileira, decadente, depois dos anos gloriosos do Segundo Reinado e da Primeira República. Erro do piadista. San Tiago estava certo: outros jornais desapareceram, enquanto o *Jornal do Commercio* prossegue célere em direção aos dois séculos de circulação ininterrupta.

San Tiago admirava os jovens talentos, seja no direito, no jornalismo, na literatura ou em qualquer outro campo da atividade cultural. E sabia escolher os seus colaboradores. No seu projeto de modernização do jornal, resolveu restaurar a crítica literária em sua importância e grandeza. E convidou Eduardo Portella para escrever o então chamado rodapé literário, isto é, a crítica de livros, então raras nos jornais da época, substituídas pelas resenhas.

Jovem baiano de 25 anos, recém-chegado ao Rio, Portella formara-se em ciências jurídicas na Faculdade de Direito do Recife e passara alguns anos na Espanha, mergulhado nos estudos da filosofia romântica, de estilística e de letras com Damaso Alonso e Carlos Bousoño, quando recebeu influência de Ortega y Gasset. Estudou também em Paris, Roma, e na Universidade de Santander, onde foi aluno de Julián Marias. Ninguém mais bem preparado do que o jovem talentoso, com formação cultural renovadora para assinar a crítica literária. À época, o *Jornal do Commercio* completara cento e trinta anos de existência, e Portella tornava-se assim o herdeiro do espaço ocupado, no passado, por nomes ilustres das letras brasileiras, entre os quais Alencar, Machado, Veríssimo, Araripe, Euclides, Pompeia, Laet e tantos outros. Herança honrosa, mas tarefa difícil para alguém menos preparado, e Portella dela se desincumbiu com brilho.

O jovem estudioso aparecia na cena cultural do Brasil nos anos dourados da literatura brasileira quando firmava-se a força extraordinária dos textos de Rosa, Lispector, Montello, Drummond, João Cabral, Gullar, Jorge Amado, Veríssimo, Cony e tantos outros, entre mortos e vivos, uns consagrados, outros injustamente esquecidos mais tarde. Sobre todos Portella escreveu, a demonstrar argúcia e capacidade de iluminar, com o seu aparato crítico, o terreno cultural brasileiro, em permanente expansão nos anos seguintes.

Este tempo de juventude foi lembrado na última quinta-feira, quando a Academia Brasileira de Letras comemorou a passagem dos primeiros 70 anos de Eduardo Portella. Foi uma festa da inteligência brasileira, com depoimentos de Oscar Dias Correa, Tarcísio Padilha, Nélida Piñon, Ivan Junqueira e Sergio Paulo Rouanet. A assistência que lotou o Petit Trianon ouviu, dos oradores, a narrativa da vida e a análise da obra de Portella. A cada intervenção, um capítulo desse *bildunsgroman* real, a construção, o romance da formação, a trajetória e a influência do homenageado na história contemporânea do Brasil.

Em 2012 Eduardo Portella completou 80 anos com o mesmo espírito lúcido e ativo de sempre. Alguém duvida de que ele chegará e irá além dos 100?

A Academia e o táxi

Morador no Cosme Velho, na segunda-feira, 28 de outubro, dia da festa de São Judas Tadeu, apesar da confusão do tráfego usual daquela data, consegui um táxi para ir à Academia assistir à posse do escritor Paulo Coelho. Ao informá-lo para onde ia, o motorista perguntou se eu era imortal.

— Imortal, eu? Não, sou um pobre mortal, sem qualquer pretensão à imortalidade...

— Me desculpe perguntar, mas o que é ser imortal? Os caras não morrem?

— Morrem, mas a obra deles permanece. De alguma forma eles continuam "vivos" nas suas obras, entendeu?

— Então o cara escreve um livro, entra para a Academia e vira imortal?

— Não é bem assim. Muitos entraram para a Academia e hoje estão esquecidos. Outros, que não entraram, estão vivíssimos em seus livros sempre reeditados.

— E hoje, quem vai virar imortal?

— O escritor Paulo Coelho, famoso em todo mundo.

— Ah, sei, aquele cara que escreve no *Extra*.

— No *Extra*, não sei. Sei que escreve no *Globo*.

— E ele vai para o lugar de quem?

— Ele foi eleito para suceder o economista Roberto Campos.

— Ah, sim, o que era o dono do Bob's...

— Não, não era dono do Bob's. Ele era...

— Bom, mas devia ser muito rico, não é? Tão rico quanto o Roberto Marinho que mora ali, perto de onde eu peguei o senhor. O Roberto Marinho é imortal?

– É. Imortalíssimo.

– Tinha que ser, não é? Dono da tevê Globo, vai ver ele escreve aquelas novelas todas....

Tentei explicar. Não era bem assim, mas desisti. Talvez o meu interlocutor tivesse razão. A conversa continuou naquele tom, chegamos à Academia, paguei e ele agradeceu, com um comentário:

– Aprendi muito com o senhor, obrigado.

– Não tem de quê – respondi, na certeza de que eu aprendera muito mais.

Jornal do Commercio, 30 de outubro de 2002.

Literatura e cozinha

Em certo trecho de seu livro *Baú de ossos*, Pedro Nava dá um passeio pelas ruas do centro do Rio e lembra que a atual Marechal Câmara era a antiga rua do Sabão, das primeiras da cidade posta em música, na trova popular do "Cai Cai balão na rua do Sabão".

Segundo Nava, na rua do Sabão ficava um restaurante famoso, propriedade de G. Lobo, logo conhecido pela aglutinação Globo, "de onde saiu e vulgarizou-se no Brasil esse prodígio de culinária que é a feijoada completa". E em seguida fala das excelências do prato, no estilo onde abundam as gorduras adjetivas: "Alto como as sinfonias, como o verso alexandrino, prato glorioso, untuoso, prato de luto e veludo – prato da significação mesma e do valor da língua, da religião e da estrutura jurídica, no milagre da unidade nacional."

Definição perfeita, mas sem a receita do bom feijão temperado, que Vinicius de Morais escreveria mais tarde, em poema de dar água na boca. E por falar em letras e comidas, li recentemente, na biografia de Marcel Proust escrita por Pietro Citati, para a Companhia das Letras, um bilhete do escritor à sua cozinheira Celine Cottin:

"Envio-lhe vivos cumprimentos e agradecimentos pelo maravilhoso *bouef à la mode*. Gostaria de sair-me tão bem quanto a senhora no que vou fazer esta noite, gostaria que meu estilo seja tão brilhante, tão claro, tão sólido quanto sua geleia – que minhas ideias sejam tão saborosas quanto suas cenouras e tão nutritivas e frescas quanto sua carne."

Melhor do que isso, só um trecho do Agamenon Mendes Pedreira, o pícaro colaborador de *O Globo*, onde ele conta que levou o patrão, Dr. Roberto Marinho, para comer em sua casa uma rabada, especialidade da patroa. Ao fim da refeição, o jornalista e acadêmico teria comentado:

– Agamenon, se tu escrevesses como tua patroa cozinha, eu te levava para a Academia Brasileira de Letras!

A fila da Comlurb

Acostumados a examinar de véspera as fotos dos desacertos do mundo, para a angústia do leitor do dia seguinte, os jornalistas vão formando em suas almas dura casca de insensibilidade muitas vezes em formação patológica e então, para alguns, poucos, felizmente, quanto pior, melhor. Para estes, profissionais durões do jornalismo, nada como as imagens da guerra, de um grande desastre, do terremoto de 8 graus na escala Richter ou do incêndio onde morrem centenas de pessoas, para "abrir bem" a primeira página. Reli as linhas escritas acima e confesso o meu exagero. Não é bem assim, mas o catastrofismo faz parte dos vícios da profissão. Os coleguinhas lamentam, é certo, chegam até a chorar, e, meninos eu vi, a jovem repórter em prantos diante da foto de uma tragédia urbana. A moça sentiu aquela desgraça com todo o sentimento do mundo.

Mas a boa notícia ou o fato singelo, o inexplicável desabrochar de uma flor no asfalto, por exemplo, não nos interessa absolutamente. No outro extremo, a calamidade de um 11 de setembro de 2001 conduz o mancheteiro horrorizado ao êxtase profissional ao antever o limiar do apocalipse. Naquela data, Osama bin Laden providenciou manchetes e fotos de primeira página na imprensa de todo o mundo para pelo menos dois meses seguidos. A chegada da primavera, dez dias depois, nem foi percebida pelos diários, ocupados com os escombros de Nova York e os planos de vingança de Bush.

Apesar de fazer parte deste clube de gente desmiolada, emocionei-me ao ver a foto da fila dos candidatos a um emprego na Comlurb que o *Jornal do Commercio* publicou ontem. Quando nos informam sobre o percentual da força de trabalho que não consegue colocação no Brasil (segundo cálculos otimistas já chegou a um número de dois dígitos), a notícia é grave; mas reduzida a números, surge fria e sem a força e o impacto da imagem da multidão de desempregados em busca de salário entre R$ 280 e R$ 600. A foto da enorme fila, também publicada em outros jornais, de ângulos diversos, deveria receber uma moldura e ser colocada sobre a mesa do trabalho do presidente da República e dos ministros das áreas social e econômica.

Se os americanos têm razão quando dizem que uma imagem vale por mil palavras (embora, segundo Millôr Fernandes, as palavras sejam indispensáveis para dizer isso), nada mais adequado para lembrar-lhes o angustiante problema do desemprego: o flagrante da multidão dos desempregados, desesperados candidatos a um lugar na Comlurb.

Jornal do Commercio, 25 de junho de 2003.

A guerra continua

O vandalismo no Rio de Janeiro de hoje nos remete à leitura de *Populações meridionais do Brasil* de Oliveira Viana, sociólogo e historiador falecido em 1951. Em seu livro, ele estuda as lutas dos clãs parentais na região dos Inhamuns, no Ceará do século XIX, onde Feitosas, Araújos, Montes e Mourões matavam-se em lutas ferozes pela posse das terras. Se o leitor pensar no Rio de hoje ocupado pelos traficantes de drogas constatará a atualidade das pesquisas de Oliveira Viana, autor esquecido devido ao viés autoritário dos seus trabalhos sociológicos e jurídicos.

Em *O país dos Mourões* do poeta Gerardo Mello Mourão, cuja família é da região, o leitor pode encontrar, também, poemas sobre esta saga de violência e sangue. Mas hoje, no Rio de Janeiro, ninguém lê o estudo do sociólogo ou os versos do poeta sem ouvir os estampidos de tiros de revólver e das rajadas de metralhadora.

Ao ouvi-los, outro dia, imaginei ter sido transportado, através de um túnel do tempo, aos Inhamuns do século XIX. Levei alguns segundos para entender onde estava mas logo compreendi: os tiros, como se diz agora na televisão, estavam sendo disparados "ao vivo", estranha (mas certamente exata) expressão, quando se trata de um tiroteio. O alvo sempre são os vivos.

Repetia-se a rotina já incorporada ao nosso cotidiano: ouvir (e às vezes sentir na própria pele) com frequência o matraquear de metralhadoras e fuzis AR-30 acompanhado pelas sirenes desesperadas a anunciar polícia, ambulâncias, tropas de choque, camburões *et caterva*.

A tragédia urbana inclui mortos e feridos de ambos os lados e as vítimas indefesas das balas perdidas, projéteis cujo nefando objetivo é o mesmo de todas as balas, perdidas ou não: acabar com vidas preciosas, estas sim, perdidas nesta sangueira sem fim. A repetição deste sinistro ritual parece embotar nosso anseio de civilização, sufocado pela barbárie a nos cercar. E a intensidade do tiroteio não deixa dúvida: a feroz Inhamuns do século XIX, mesmo com seus clavinotes boca de sino, e a frieza dos Feitosas, Araújos e Montes a despachar os inimigos desta para melhor (ou pior), provavelmente era menos violenta do que a do Rio de Janeiro de hoje.

Jornal do Commercio, 19 de abril de 2003.

A guerra de Bush

Ao mesmo tempo em que as sanções econômicas impostas pela ONU ao Iraque foram suspensas de forma a permitir que os controladores do petróleo iraquiano (Bush & Blair) possam vendê-lo, a CIA e o Pentágono informam: as armas químicas e de destruição em massa dos relatórios de espiões em atuação, no Iraque, não foram encontradas. Quer dizer, não existiam. Bush mentiu ou estava mal informado, quando declarou que atacava o Iraque para não ser atacado por Saddam.

A guerra deixou mortos e feridos ou sem lar milhares de pessoas. Tudo de acordo com a tecnologia (sem excluir o fogo amigo), mas à sangrenta invasão soma-se o recrudescimento do terrorismo da Al-Qaeda. Segundo o Instituto Internacional de Estudos Estratégicos, de Londres, de 18 mil membros antes da invasão do Iraque, a organização passou para 90 mil, depois da guerra.

A incompetência do governo Bush para lidar com o problema do terrorismo dá calafrios em quem imagina o que vem por aí. Para Washington não há outro meio de desbaratar as redes de terror senão com a política militarista do chega, prende e arrebenta, mas não consegue deslindar as conexões de resistência, que já fizeram estragos na Arábia Saudita, depois que Washington declarou ter eliminado a Al-Qaeda. "Se a guerra foi um presente para Bin Laden", escreveu, no *Observer* de Londres, a comentarista Mary Riddell, citada em editorial do *O Estado de S. Paulo*, "os ataques suicidas em Riad foram o bilhete de agradecimento."

A política antiterrorista americana sempre produz o oposto do esperado, sustenta Mary Riddell: "Em vez de provocar o definhamento do ódio, funciona como incubadeira da abominação." Alguns, nos Estados Unidos, como o senador democrata Bob Graham, da Flórida, protestam contra a política obtusa e desumana cujo objetivo principal é o controle do petróleo iraquiano.

Que a ele se juntem outros, na tentativa de impedir que o fundamentalismo guerreiro de Bush prossiga a sacrificar vidas, e a estimular o fundamentalismo islâmico, em vez de voltar-se para o diálogo e a compreensão das diferenças culturais e religiosas e assim construir o caminho para a paz.

Jornal do Commercio, 14 de maio de 2003.

A guerra é aqui

Na madrugada de ontem, intenso tiroteio acordou os moradores do Cosme Velho, Laranjeiras e Santa Teresa. Pela primeira vez, em muitos anos, o matraquear dos fuzis e metralhadoras durou tanto tempo, levando o terror aos habitantes daqueles bairros de uma cidade hoje sitiada, cujo nome é Cabul, perdão, Rio de Janeiro.

Os que estão bem protegidos em suas casas e mansões, muitas delas verdadeiras fortalezas, com segurança absoluta, certamente são acordados pela artilharia, mas pouco têm a temer. A não ser, é claro, quando bandidos e policiais começarem a usar bazucas ou canhões leves.

Mas a classe média e os habitantes das favelas onde estas batalhas acontecem, quando leem nos jornais do dia seguinte as notícias sobre a guerra no Afeganistão, não têm dúvidas: guerra pior acontece aqui. E é interminável.

O tiroteio da madrugada de ontem certamente está ligado à operação de roubo de carros, na madrugada de domingo, para organizar o comboio, ou o "bonde" do tráfico. Nesta operação, uma secretária da TV Globo foi ferida gravemente ao resistir ao assalto ao seu carro na Lagoa, perto de um "pentágono" da PM.

Quem ouve o tiroteio procura esconder-se de balas perdidas e não sabe se a batalha foi travada entre duas quadrilhas de traficantes, ou entre o tráfico e a polícia. Um especialista nesse tipo de guerrilha urbana informou que muitas vezes o tiroteio é só para assustar possíveis adversários, e os tiros são dados para o alto. Caso contrário, onde estariam os feridos ou mortos na refrega? Bom, sugeriu, talvez existam cemitérios clandestinos na cidade... Existem, sim.

Mas uma coisa é certa: se os tiros são para assustar, assustam mesmo. Seria muito bom se o governador ou o prefeito ouvissem um desses tiroteios. Talvez, por um momento, se envergonhassem de governar um estado e uma cidade onde o terror domina os morros e alarma os cidadãos de bem.

Jornal do Commercio, 14 de novembro de 2001.

A invasão

Formado em economia, eu precisava de uma *emibiei*, a famosa *master in business administration*, numa universidade dos *States*, pois meu *target* era conseguir logo um *upgrade* na vida. Mas, curto de *money*, fiz o curso numa *high school* nativa com *franchising* da metrópole, fiquei numa *nice* e aprendi inglês.

Meu primeiro *job* foi de *trainee* num *home bank*, que queria aumentar o seu *market share*. Eu comparava o índice *Nasdaq composite* com o *Dow Jones* da Bolsa de Nova York e era bom, eu ganhava *lots of money*. Um dia meu *personal computer* deu um *tilt*, quebrou o *mouse*, o *no-break* não funcionou, me *desconectei* da *internet* e por mais que eu plugasse o meu *e-banking*, *nothing hapenned*.

Eu costumava almoçar num *self service* de *fast food* e bebia uma *coke* no *lunch*. *Wow! It was good indeed*, como dizem os gringos. Mas a comida prejudicou minha *fitness*. Pedi um *time*, parei de comer muito, evitava até o *coffee break*, mas como era *workaholic*, logo entrei em *stress*. Meu *boss* arranjou-me um *spa* onde eu tinha até um *personal trainer*. Recebi aquele tratamento *red carpet*, tudo *first class*.

Quando voltei, o banco estava numa *joint venture* e eu passei a fazer um *hardwork* em *agrobusiness*. Numa daquelas MMM (*monday morning meeting*) aconteceu um *brainstorm*, e eu acabei por me irritar com o *controller*, que era um *pain in the ass*. Na confusão, *I dont know why*, eu o mandei àquela parte. *Fuck you*, eu disse, na ilusão de que ninguém ali conhecesse o significado daquela expressão grosseira.

Great mistake! O *chairman got so mad he gave me the sack*. Sabem o que mais, pensei como Clark Gable em *E o vento levou*, *I dont give a damm...* e deletei *the hole sheet. Bingo*! Então, tal como o famoso colunista social Jeff Thomas, nascido em *Christmas City*, pensei *to myself, if it gives cake, I take my body out*. Não deu outra. Fiquei *jobless*, e agora vou procurar um *head hunter* e mostrar meu *record*, meu *civi*. Não vou ficar *out in the wilderness*. Afinal, eu sei inglês.

Jornal do Commercio, 17 de março de 2000.

Reparem a data em que foi escrito o texto acima e avaliem os avanços da invasão nos últimos quatorze anos, nas páginas dos jornais e revistas, em especial nas páginas de informática. Ou eu muito me engano, ou os meus netos vão ser alfabetizados em inglês. Ou, quem sabe, este mundo muda tanto, e eles serão obrigados a aprender mandarim?

Bella, Manuel e Alceu

A paixão da adolescente Bella Karacuchansky pela literatura levou-a, nos anos 1940, ao curso de letras da Faculdade Nacional de Filosofia, então instalada na avenida Antônio Carlos, no prédio tomado pelo governo brasileiro à Itália fascista na época da guerra e depois devolvido à Itália democrática, hoje sede do consulado italiano e do Istituto Italiano di Cultura.

Naquela histórica faculdade, Bella encontrou dois professores que marcaram sua vida: o poeta Manuel Bandeira e o crítico literário Alceu Amoroso Lima. Nas aulas de Alceu, formou as bases para a compreensão da literatura brasileira e Manuel Bandeira apresentou-lhe o panorama da literatura latino-americana. Com o poeta, ela aprendeu a amar o continente literário de raízes comuns, um patrimônio de letras sempre renovado, por ela estudado e divulgado desde então.

A lembrança dos tempos da faculdade permaneceu indelével na memória de Bella. Inesquecíveis para ela as palavras que, ao fim do curso, os dois professores deixaram no seu caderno, hoje verdadeiro tesouro, com autógrafos e mensagens de outros autores brasileiros e estrangeiros. O poeta Bandeira escreveu uma quadrinha, depois incluída no livro *Mafuá do malungo*, parafraseando seu poema famoso: "Bella, Bella, ritornelo! Seja em tua vida, espero: / Belo, belo, belo, belo! Tenho tudo quanto quero!".

Na página seguinte do caderno, Alceu, o Tristão de Ataíde, deixou sua mensagem para a discípula dileta:

"Bella Karacuchansky, você foi, em 1944, uma dessas alunas que dão gosto ensinar. Não foi a única, sem dúvida. Sua turma foi das melhores que tive. As notas variavam pouco. Mas você esteve sempre oscilando entre os nove ou dez, mais com estes que com aqueles. Ensinar é conversar. Conversar com gente inteligente e interessada. Você foi sempre das que dão gosto de ensinar e conversar. Seus olhos sempre vivos não se perdiam no vago e seu sorriso, sempre pronto a marcar a reação ou a aprovação, não deixava o professor divagar. Você um dia conhecerá a melancolia da despedida dos bons alunos. Outros chegam, sem dúvida. As ondas do mar nunca deixam a praia abandonada. Mas há sempre uma grande melancolia nos bons alunos que se foram, que partem, que se esquecem. Ao menos fica, nestas páginas, o sinal de uma passagem. O poeta falou em verso. O prosador, nesta prosa fiada... e prosaica. Mas sentida. E com o remorso do atraso. 23 de maio de 1945, Alceu Amoroso Lima."

Ao término do curso de graduação, Bella prosseguiu nos estudos literários e cultivou a amizade com Alceu e Bandeira; passou a frequentar a Academia Brasileira de Letras, e seguiu, interessada e entusiasmada, os cursos de literatura ali realizados nos anos 1950 e 1960. Era convidada para o chá das quintas, onde conheceu e tornou-se amiga de muitos acadêmicos, e hoje são incontáveis os artigos e ensaios que escreveu sobre as obras de muitos deles. Mais tarde, foi conferencista de outros cursos e seminários organizados pela Academia.

Sempre atenta à leitura e ao estudo crítico de escritores latino-americanos, divulgou as obras de Borges, Cortázar, Carpentier, García Márquez, Rulfo e tantos outros antes que o realismo mágico se tornasse moda mundial apoiado no trabalho de promoção realizado pela agente literária Carmem Balcells, de Barcelona. Em 1956, Bella conquistou o título de doutor em letras neolatinas. No ano seguinte, obteve a cátedra de literatura hispano-americana da UFRJ (então Universidade do Brasil) examinada por banca formada por Afrânio Coutinho, Josué Montello, Peregrino Júnior e Adonias Filho.

Seu tempo passou a ser dividido entre os estudos, as aulas e conferências e a produção de ensaios, críticas e entrevistas com grandes autores publicados em suplementos literários e revistas especializadas. Hoje ela mantém intensa atividade no magistério no Brasil e no exterior – é catedrática honorária da Universidad Nacional Mayor de San Marcos, de Lima –, e publicou mais de vinte títulos, a maioria deles esgotados e em vias de novas edições, vários deles traduzidos para outros idiomas. E também traduziu muitos autores hispano-americanos para o português.

Na sua obra destacam-se a monumental *História da literatura hispano-americana*, em quarta edição, e os volumes de ensaios *O espaço reconquistado*, e *A máscara e o enigma*. Coordenou a *Antologia da poesia argentina* e a *Antología general de la literatura brasileira*, publicada no México, pelo Fondo de Cultura Económica, em 1995. Escreveu o antológico *Jorge Luis Borges*, publicado em 1996 pela editora Francisco Alves, obra de referência para quem quiser aprofundar-se na obra do escritor argentino, e dirigiu a parte brasileira do *Diccionario Enciclopédico de las Letras de America Latina*, da Biblioteca Ayacucho de Caracas.

Em 1969, a Academia Brasileira de Letras distinguiu Bella com o prêmio Silvio Romero de crítica literária. Dez anos depois, em 1979, a mesma Academia lhe concedia o prêmio Assis Chateaubriand de jornalismo literário. E em 1989, recebeu o Prêmio de Crítica Alceu Amoroso Lima, da Associação Brasileira de Crítica Literária. Como se vê, os anos de final nove são marcantes na biografia da escritora.

Bella Karacuchanski casou-se com Jorge Jozef e tornou-se conhecida nos círculos literários como Bella Jozef. Pela luminosa trajetória de Bella na área literária como ensaísta e historiadora; por sua atuação no magistério; pelo que fez em favor da integração da literatura latino-americana e por seu caráter retilíneo e vida exemplar, é de esperar-se que a poética profecia de Bandeira transforme em realidade sua aspiração acadêmica: "Bella, Bella, ritornelo / Seja em tua vida, espero: / Belo, belo, belo, belo! Tenho tudo quanto quero!"

A pobreza continua

Nos meus oito anos casimirianos, metido a besta, perguntei ao meu pai se o Brasil era um país rico. Morávamos em São Paulo, em 1943, no bairro do Ipiranga, eu terminando o curso primário e ele contador de uma firma produtora de fitas de aço. Aos domingos pela manhã, ele nos levava ao cinema Santa Helena, na antiga praça da Sé, para ver os filmes do Gordo e o Magro e os desenhos do Pato Donald. O velho bonde da Light, onde na época os adultos não entravam sem paletó, nos levava, sentados nos bancos de madeira. Na borda do banco da frente eu lia a seguinte frase: "São Paulo é o maior parque industrial da América Latina." Esta afirmação de pujança econômica confirmava o que dizia minha professora, paulista orgulhosa: "São Paulo é a locomotiva que puxa os vagões dos outros estados."

Assim, estava garantida uma resposta positiva de meu pai. Mas ele sorriu e me desiludiu. Não, o Brasil não era um país rico. Não tinha petróleo, apesar do que Monteiro Lobato dizia, à época. Não tinha aço, não produzia automóveis, não fabricava nem mesmo as chapas de aço para fazer os automóveis. O parque industrial de São Paulo poderia ser o maior da América Latina, embora a Argentina e o México também já tivessem indústria, mas não significava nada, diante da potência industrial dos Estados Unidos e dos países da Europa e da Ásia, em dificuldades devido à guerra. E mais:

— Quando a guerra terminar, eles se recuperarão, e nós continuaremos pobres.

Desiludido com a resposta, eu indagava aos meus botões, se depois da guerra a Europa voltaria a ser tão rica assim, e por que o meu tio, irmão da minha mãe, tenente da artilharia da FEB, fora convocado para lutar naquele conflito horroroso em que os europeus se matavam uns aos outros? Ajudá-los a enriquecer, depois que terminasse a matança? Eu via minha avó aos prantos, disposta até a ir ao Rio de Janeiro, falar com Getúlio (vovó era getulista fervorosa) e pedir ao seu ídolo político que não convocasse o filho para a guerra. Informada da inutilidade da viagem ela desistiu, mas continuou a chorar. E afinal tudo acabou bem, o tio voltou são e salvo para alegria de todos. Mas naquele dia da pergunta ao meu pai, a resposta me deixou melancólico; eu gostaria de viver num país rico. Afinal, por que fui nascer no Brasil?

O tempo passou e os anos seguintes demonstraram os avanços da indústria brasileira. Meu pai, sempre infalível em suas opiniões, mostrava-se cético em relação à economia brasileira. A industrialização movida pela substituição das importações gerou um ciclo de progresso do país nos anos 1950 e no início dos 1960. E certo dia, animado com a euforia desenvolvimentista do governo de JK, comentei com meu pai, afinal o parque industrial de São Paulo já estava produzindo automóveis. Ele deu de ombros, e respondeu:

– Grande coisa, a pobreza continua.

Sessenta anos depois do primeiro diálogo sobre a situação econômica do Brasil, entre pai e filho, li nos jornais que a Embraer, associada com duas empresas americanas, entraria numa concorrência nos EUA para a fabricação de aviões de reconhecimento, vigilância e inteligência, projeto no valor de US$ 1 bilhão.

Em sessenta anos, o país essencialmente agrícola, monoexportador e importador de artigos de consumo doméstico, passou de subdesenvolvido a potência industrial média incluída na lista das dez maiores economias do mundo (é a última, está certo, mas está entre as dez) e produz aviões militares.

No correr da vida do menino desiludido com a nossa situação econômica, o país mudou muito. O velho de hoje reconhece, e lamenta o pai não estar vivo para constatar agora um fato evidente: não somos ainda um país industrializado, mas não somos mais um país essencialmente agrícola. (Será verdade? Perguntem aos economistas especialistas no nosso balanço comercial.)

Mas o grande e triste paradoxo desta história é que, apesar do progresso, como dizia meu pai, a pobreza continua. E os ricos, cada vez mais ricos.

Jornal do Commercio, 9 de julho de 2003.

A crônica ficou na gaveta. Na sua edição de 13 de agosto de 2013, O Globo publicou entrevista com os pesquisadores Wagner Kamakura, da Rice University, e José Afonso Mazzon, da USP, na qual afirmam que 60 milhões de brasileiros ainda vivem na pobreza.

A utopia ao nosso alcance

No romance *Utopia*, escrito em latim por Thomas More em 1516 e traduzido para o inglês em 1551, o autor imagina um país organizado segundo modelo ideal de sociedade, lugar que, todos sabemos e o próprio título indica, não existe. Antes de More, Platão definiu uma sociedade para ele perfeita na *República*, onde os poetas não tinham vez. Depois dele, Campanella, na *Cidade do sol*, e mais tarde Owen, Fourier e Saint-Simon, socialistas utópicos, pensaram um lugar de felicidade para todos, e não exclusiva de alguns. Até agora, todas essas "utopias" imaginadas para encontrar uma forma de promover o bem-estar de todo ser humano em algum local do planeta não passou de utopia, graças à burrice humana.

O sociólogo Luiz Alberto Gómez de Souza, autor de vários livros sobre temas brasileiros, resolveu ignorar os fracassos dos sonhadores idealistas com a sociedade perfeita, e apresenta suas ideias de reforma social no livro *A utopia surgindo no meio de nós*. Provocativo e estimulante, o texto sugere aos leitores algumas reflexões sobre a possibilidade do Brasil tentar melhorar a situação dos que estão na pior.

Luiz Alberto convida a uma releitura dos processos vividos no dia a dia. Ele dá um corte profundo na sociedade brasileira e observa algo que a visão reducionista, incapaz de ir além das dimensões econômicas e políticas, desconhece ou ignora. E ao penetrar no cerne da questão, assinala que as transformações mais significativas no Brasil dos últimos tempos acontecem no âmbito da sociedade civil organizada.

Seu texto percorre um vasto território de ideias, às vezes minado, em outras sugerindo horizontes menos sombrios. Ele reflete sobre o país de hoje, as mudanças sociais em curso, os novos paradigmas e a nova ética, o contexto internacional, a criatividade dos Fóruns Sociais Mundiais de Porto Alegre, e outros temas. Segundo afirma Leonardo Boff no prefácio, Luiz Alberto Gómez de Souza "prolonga a herança imorredoura deixada por Betinho" no "fio condutor que liga e religa todos os temas que aborda: a importância dos movimentos de construção coletiva da cidadania".

Diante de possíveis cenários alternativos, o autor aposta na criação de um mundo democrático da diversidade e do pluralismo, envolvendo o leitor e oferecendo-lhe, ainda, a indicação de uma rica bibliografia. A utopia certamente não existe entre nós, mas, segundo Luiz Alberto Gómez de Souza, parece estar ao nosso alcance.

Jornal do Commercio, 29 de janeiro de 2003.

Acender a lâmpada

O Brasil é um país de muitos livros e poucos escritores. Esta afirmação pode parecer exagerada e até paradoxal, pois nunca se editou tanto no Brasil como agora, embora as edições continuem sendo de apenas dois, três mil exemplares. Tentarei explicar.

Os autores de todos esses livros são, evidentemente, escritores. Podem entrar para o Sindicato da categoria, ou então se candidatar às várias academias que existem no Rio: a Carioca, a Guanabarina, e até a Academia Brasileira de Letras. Mas o escritor deve ser também o olho, o ouvido e a voz de sua classe, como Máximo Gorki o definia, ou, sem qualquer conotação ideológica, o escritor é o ser consciente da importância da sua tarefa neste país e neste mundo, despido da vaidade (não é defeito, mas também não é virtude). Esse escritor, indispensável em qualquer literatura nacional, transforma o leitor, às vezes até fisicamente, como dizia Franklin de Oliveira sobre quem lesse Thomas Mann.

Vale a pena lembrar algumas ideias de escritores sobre a profissão. William Faulkner assim definiu o escritor digno desse título:

"Ele deve ensinar a si mesmo que a mais abjeta de todas as coisas é ter medo; e, ensinando isso a si mesmo, esquecê-lo para sempre, não deixando lugar em seu trabalho senão para as antigas verdades do coração, a velha verdade universal sem a qual qualquer história é efêmera e condenada – a verdade do amor, da honra, da piedade, do orgulho, da compaixão e do sacrifício."

E de Érico Veríssimo este trecho antológico sobre a missão do escritor:

"Desde que, adulto, comecei a escrever romances, tem-me animado até hoje a ideia de que o menos que um escritor pode fazer, numa época de atrocidades e injustiças como a nossa, é acender a sua lâmpada, fazer luz sobre a realidade de seu mundo, evitando que sobre ele caia a escuridão, propícia aos ladrões, aos assassinos e aos tiranos. Sim, segurar a lâmpada, a despeito da náusea e do horror. Se não tivermos uma lâmpada elétrica, acendamos o nosso toco de vela. Em último caso, risquemos fósforos repetidamente, como um sinal de que não desertamos nosso posto."

Aldir Blanc

Se Sérgio Porto, o fero Stanislau Ponte Preta, inventor do Febeapá, o Festival de Besteiras que Assola o País, hoje em contínuo progresso (quer dizer, regresso), deixou um herdeiro nas letras e no jornalismo carioca, seu nome é Aldir Blanc. E além de cronista e ficcionista da cena carioca, Aldir tem extensa bagagem na área da música e da poesia. Por sinal, Aldir está de novo nas paradas com livro ao estilo do *Febeapá: Brasil passado a sujo*, onde ele demonstra mais uma vez a força de um escritor de sátira, mas, além disso, de um humanista que descobre e revela, nos contos muitas vezes pícaros e sempre bem escritos, os valores fundamentais do homem. Não resisto à tentação de citar um trecho de Aldir:

"Acho o subúrbio mais criativo e interessante do que a Zona Sul. O sonho de status do sujeito que julga fazer um grande negócio, mudando de Vila Valqueire para a Duvivier, implica um jogo de simulações e finezas sacais. Penso que a grossura suburbana é fundamental para que o Rio sobreviva com identidade própria, e não periferia de Novaiorqui, como deliram os deslumbrados."

Mesmo depois dos ataques do terror às Torres Gêmeas, os deslumbrados continuam delirando com Novaiorqui, e os mais ricos, socialites, procuram lugares mais sofisticados ou pelo que resta do circuito Elizabeth Arden, assim conhecidas, nos círculos diplomáticos, as cidades mais ricas do mundo. Aldir Blanc vergasta este delírio com sua prosa ácida, mas sempre engraçada, ao renovar a crônica urbana carioca de Joaquim Manuel de Macedo, Manuel Antônio de Almeida, Machado de Assis, João do Rio, Lima Barreto e passa por Nelson Rodrigues e Sérgio Porto, a nos revelar como somos na verdade, sem deslumbres ou ilusões.

Poeta e intérprete da alma popular de "O Bêbado e a Equilibrista" parceria com João Bosco, inesquecível na voz de Elis Regina, Aldir encerra seu livro com um longo poema, "Suburbana", do qual cito alguns trechos:

"No subúrbio a gente vive e morre / entre a riqueza e a lona, / entre a cadeia e a zona. / Uma criança superdotada gritou viva, / mas uma bala perdida / acabou com toda essa expectativa/"

(...) E mais adiante: "Maior que Deus no céu é o subúrbio, / com sua ignorância quase do tamanho da minha, / com as chacinas de cada dia e as mulheres morenas (no subúrbio as louras também são morenas) / que voltam pra casa suadas a quem dedico esse poema / e por quem beberei a vida inteira! a quem ofertarei agonizante / paulemílicos versos hemorrágicos / vãogoguianas flores amarelas / porque a eternidade inteira com seus anjos / não vale o cheiro delas."

Araújo Neto

Que razão nos leva a escrever sobre alguém que admiramos só depois de sua morte? Este hábito de publicar o necrológio dos companheiros de viagem precisa mudar, e rápido, para que se faça sem pudor o elogio em vida, daqueles cujas virtudes são evidentes. Pois não é fácil escrever sobre a morte de Araújo Neto, aos 73 anos, em Roma. Tudo a lembrar dele agora – e até mesmo este pequeno texto – parece sem sentido, e no entanto escrevemos. Para recordá-lo, impedir a diluição de sua memória no tempo e destacar seu exemplo, para as novas gerações.

Araújo Neto afirmou-se na profissão desde os primeiros momentos, pelo exercício permanente da integridade, da competência e do talento colocados ao serviço do leitor. Quando comecei, foca (hoje o *foca* é o estagiário) na redação da *Tribuna da Imprensa*, de Carlos Lacerda, ele já lá estava, com sua testa ampla e cabelos negros, tranquilo e trabalhador, inventando uma forma de escrever ao lado dos jornalistas mais tarde considerados clássicos, a exemplo de Carlos Castello Branco, Odylo Costa, filho, Rubem Braga e Otto Lara Resende. Tentei aprender com ele, mas nem sempre segui suas lições.

A vida profissional levou-o para uma função administrativa no *Jornal do Brasil*, à qual não se adaptou, embora seu trabalho fosse impecável. "O Araújo parece triste", comentou um dia um colega; e sua tristeza se originava na distância que o separava da redação. Alegrou-se quando foi enviado como correspondente, primeiro para Lisboa e depois para Roma. O trabalho diuturno de repórter não o incomodava, mas detestava a burocracia dos jornais.

Em Roma, tal como o poeta Murilo Mendes, tornou-se um italiano sem perder jamais sua condição de brasileiro. Realizou trabalho notável de cobertura de todos os aspectos da vida italiana, do Vaticano aos jogos de futebol. Enviado pelo *Jornal do Brasil*, partia de Roma para as mais variadas missões, na Europa, África e Oriente Médio. Era o observador capaz de oferecer ao leitor a visão brasileira dos fatos. Descobria ângulos do nosso interesse, ignorados pelas agências estrangeiras, revelados pelo olhar talentoso do correspondente do *Jornal do Brasil*. Perdemos um jornalista; no caso de Araújo Neto, qualquer adjetivo é dispensável. Perdemos um jornalista, nossa profissão ficou mais pobre.

Jornal do Commercio, 5 de junho de 2003.

Argumento

Um dos líderes da oposição ao golpe militar de 1964, o industrial paulista Fernando Gasparian, transferiu-se para o Rio e aqui se articulou com amigos intelectuais para resistir ao regime. Seu apartamento em Copacabana e mais tarde sua casa, no Leblon, tornaram-se centros de reuniões de intelectuais e políticos inconformados com o regime militar. Mais tarde fundou o semanário *Opinião*, entregou sua direção a Raymundo Rodrigues Pereira e a seguir a Argemiro Ferreira e em suas páginas apareceram os melhores nomes da *intelligentsia* brasileira. Também fez ressurgir o *Jornal de Debates* fundado por Mattos Pimenta, um dos primeiros a defender o monopólio estatal do petróleo, hoje na internet, sob a direção de Paulo Markun.

Assim como outros meios de comunicação, notadamente a *Tribuna da Imprensa*, *Opinião* e o *Jornal de Debates* também sofreram ataques terroristas de grupos paramilitares que viviam à caça de comunistas. Semanalmente submetido à dura censura da ditadura, os semanários não resistiram e Gasparian foi obrigado a fechá-los.

Mas não desistiu. Passou a publicar a revista mensal *Argumento* onde, entre os colaboradores, figuravam os nomes de Antônio Cândido e Florestan Fernandes. Apreendido por conter matérias consideradas subversivas pelo estamento militar, *Argumento* teve vida curta. O editor apelou à Justiça, seu advogado foi Barbosa Lima Sobrinho, mas nem aquele grande brasileiro conseguiu liberar *Argumento*.

Nesse período, Dalva, mulher de Fernando Gasparian, sempre ao seu lado, firme e forte, resolveu abrir uma livraria no Leblon e usou o título do mensário do marido. No espaço organizado por Dalva, o leitor encontrava livros dos melhores autores brasileiros e do exterior, naquela época só disponíveis em livrarias do Centro. E assim nasceu, na rua Dias Ferreira, um endereço que na última segunda feira completou 25 anos de atividades e hoje já faz parte da história do bairro e da cidade.

As livrarias são elos da grande rede de disseminação da cultura mas até pouco tempo o Rio, capital cultural do país, não contava com um número razoável delas – e ainda falta muito para chegar perto de Buenos Aires. Mas, nos últimos anos, surgiram várias na Zona Sul. Seguem o exemplo da Argumento, agora com filial na Barra e dirigida pelos filhos de Fernando e Dalva.

Entrar numa livraria como a do Gasparian é ingressar numa terra de sonho, de comprar e ler todos os títulos em exposição. Infelizmente a vida é curta e o cartão de crédito tem um limite. E mesmo o irlandês que comprou um bar fechou as portas e não permitiu a entrada de fregueses, "eu comprei um bar para mim", explicou, não teve tempo de vida para consumir o estoque. É o mesmo, com os livros: *Ars longa, vita brevis.*

O Brasil deve ao saudoso Fernando e à Dalva Gasparian a devoção à luta pela resistência e a semente cultural plantada no Leblon.

Jornal do Commercio, 2 de julho de 2003.

Cansaço do Brasil

Nos tempos mais duros da ditadura militar, Otto Lara Resende confessou várias vezes estar cansado do Brasil. Não havia perspectiva democrática, todos os dias surgiam notícias de prisões de amigos e conhecidos, e a tortura nos cárceres tornara-se revoltante rotina. O cansaço de Otto resultava de sua impotência diante da força militar coatora, a exilar grandes nomes da inteligência brasileira, e do horizonte sombrio que se desenhava para o futuro.

No próximo dia 28 de dezembro, completam-se dez anos da morte de Otto e eu me pergunto se, diante do quadro atual, ele continuaria cansado do Brasil. Talvez não. Com todos os problemas e tudo de ruim que ainda acontece, nossa vida política evoluiu para uma democracia; trata-se de arremedo democrático, sistema eleitoral defeituoso, mas eleitoral – e não há mais o *diktat* imposto pela força das armas.

Animado com alguns progressos políticos, agora começo a sentir cansaço, ao tomar conhecimento das listas dos eleitos para a Câmara dos Deputados e para o Senado. Alguns nomes (são poucos, é claro, mas mesmo se fosse um só já seria ruim) ostentam biografias parecidas com prontuários policiais, revelam a falta do caráter, da competência e da compostura de alguns eleitos para legislar em nome do povo brasileiro. Não é para cansar quem anseia por um Brasil melhor?

E não se pode reclamar muito, porque eles, sempre com os ases nas mangas, fraudes e corrupção e clientelismo estão jogando o jogo democrático, mas com cartas que não são as nossas. Também não temos um Congresso com os melhores, porque muitos bons e probos cidadãos se recusam a participar, se omitem e preferem cuidar dos seus assuntos a se preocupar com a coisa pública. Não querem sujar as mãos. Há também aqueles que repetem o escritor latino Juvenal, ao recusar-se a ir para o Senado, em Roma: "Não sei mentir. O que vou fazer lá?", dizia ele.

Talvez, na sua fina ironia, Juvenal se revelasse ou um cético ou um preguiçoso. Há algo a fazer em Brasília além de mentir e não é preciso sujar as mãos. E a única solução para o eleitorado formar um parlamento melhor é encontrar nas listas dos candidatos nomes melhores e votar com boa consciência. Tal como andar de bicicleta, só se aprende a votar, votando.

Segundo Gilberto Amado, na Primeira República, a Câmara e o Senado careciam de legitimidade, pois o voto a bico de pena era controlado pelos chefes políticos locais, e pelos coronéis, sistema tão bem estudado por Marcos Vilaça e Roberto Cavalcanti de Albuquerque em *Coronel, coronéis* e por Victor Nunes Leal, em *Coronelismo, enxada e voto*. Mas pelo menos desembarcavam no Rio de Janeiro com uma aura de representatividade. Eram os melhores políticos, escolhidos pelos chefões para defender os interesses locais. E a oposição fazia o mesmo, para eleger também aqueles que iriam bater-se com os da situação. Hoje com o voto livre exercita-se a democracia com todos os defeitos da legislação eleitoral e partidária mas sempre é bom lembrar que a pior das Câmaras é sempre melhor que a melhor das camarilhas.

De onde você está descansando, pode ter certeza Otto, o Brasil, escândalo após escândalo continua cansativo, mas ainda resta a esperança. A esperança de um dia livrar-se de corruptos e corruptores pela força do voto. Votar, verbo difícil de ser conjugado, proibido durante muito tempo, não é fácil de ser exercido por quem tem fome, não tem emprego para sustentar a família, escola para os filhos, casa para morar ou terra para cultivar. Sendo assim, apesar de cansados, esperamos que você, Otto, agora descansado, vele por nós.

Jornal do Commercio, 10 de outubro de 2002.

Cave Canem

Estudo realizado pelo Instituto Real de Tecnologia de Estocolmo sobre o DNA dos cães demonstrou pela ciência algo já conhecido dos estudiosos da vida canina: o homem domesticou lobos há 15 mil anos, no Leste da Ásia, e assim surgiram os cães. A mãe de todos eles, hoje divididos em espécies cada vez mais diversas, teria sido uma loba cinzenta interessada nos restos de comida dos humanos e por preguiça de caçar os animaizinhos de sua dieta carnívora, abandonou a vida selvagem de seus companheiros.

Não confundir esta loba asiática com a que aleitou Rômulo e Remo, no Lácio, os gêmeos a quem a lenda atribui a fundação de Roma. Por sinal, esta loba simpática, e outras, presentes na fábula da história da humanidade, constituem raras exceções. Lobas e lobos aparecem sempre na pele de vilões nas histórias, a começar pelo lobo mau do Chapeuzinho Vermelho, até hoje contada e recontada das mais variadas formas, até no samba onde ele faz o papel de bobo.

Na mesma pesquisa a experiência com lobinhos de quatro dias, separados das mães-lobas e entregues aos cuidados de "mães" humanas, revelou o processo da mutação animal: os lobinhos aprendiam o significado do cuidado com que eram tratados, dos gestos amigos e das ordens repetidas até aprenderem o *sitdown* e outras palavras-chave do treinador, e assim, de lobos, passavam a cães. Um consolo, para quem não acredita na recuperação do bicho homem: até o lobo, se tratado com carinho e atenção, pode transformar-se em bichinho de estimação.

Os afeiçoados aos gatos, admiradores da independência e da altivez dos bichanos, também chegados a quem os trata bem, consideram a adesão do lobo-cão ao homem uma prova de mau caráter, mas não exageremos. Na passagem do estado selvagem para o doméstico, os animais que abandonaram a floresta cheia de perigos onde para sobreviver precisavam matar, acostumaram-se com a boa vida proporcionada pelos humanos: casa, comida em hora certa e até atividades lúdicas, como ir pegar a bola para devolvê-la ao seu dono.

E retribuíram tanta gentileza ao servir de guarda de casas e fazendas, ou para puxar os carrinhos dos esquimós, para guiar cegos, para guardar rebanhos, ajudar nas caçadas, fazer companhia aos solitários e até entraram para a polícia, com o seu faro a serviço da captura de criminosos. Para muitos o animal tornou-se o melhor amigo do homem, e assim Sofocleto decretou que o melhor amigo do homem é outro cachorro. No entanto, a ferocidade latente de alguns deles não se extinguiu, e são inúmeras as vítimas de cães, cujos donos não conseguem ensiná-los a comportar-se ou então, bárbaros em plena civilização, preferem treiná-los para atacar.

Ontem, os jornais registraram um achado sinistro pela polícia do Rio de Janeiro. Um antebraço foi encontrado em Botafogo. O estado dos restos humanos não indicava ataque de um pitt bull ou de outra espécie de cão feroz, mas sim assassinato e esquartejamento por mãos humanas. Em janeiro, a cabeça de um homem estava numa cesta de lixo do shopping Rio Sul. E no ano passado casos semelhantes aconteceram.

Os arqueólogos que fizeram escavações em Pompeia encontraram uma casa onde havia a inscrição *cave canem*. O dono avisava aos incautos sobre a ferocidade do cão de guarda, para evitar os ladrões. Hoje, no Rio, as placas nas ruas deveriam informar *cave hominem*, isto é, cuidado com o homem, esse animal ainda não domesticado. Ele ataca as vítimas e, depois de assassiná-las, deixa seus restos pelas ruas da cidade.

Jornal do Commercio, 13 de maio de 2003.

Cervejas e remédios

Fabuloso colecionador de citações, Paulo Rónai encontrou no livro *Baco na Toscana*, de Francisco Redi (1626-1698), autor pouco conhecido e muito menos citado, o seguinte verso: "*Chi la saquallida cervogia / Alle labra sua congiunge / presto muore, a rado giunge / All'eta vecchia e barbogia /.*" Tomo emprestada a tradução para o português do mesmo Rónai, intelectual que tanta falta nos faz: "Quem aproxima dos lábios / A esquálida cerveja, / Logo morre ou raro chega / à idade velha e barbuda /."

Redi não bebia a cerveja italiana da época, preferia o vinho toscano e por isso chegou à idade provecta. No Brasil de hoje talvez não vivesse tanto, pois em vez do vinho teria que comprar remédios. E o preço dos medicamentos, como todos sabemos, foi às alturas, não por ganância dos laboratórios, é claro, eles são tão bonzinhos, mas sim, segundo o governo, porque as leis do mercado regem a economia, e quem é o consumidor para se meter com o mercado? Portanto, se o mercado dita preços exorbitantes para os remédios, o consumidor que se dane. Onisciente e onipotente, o mercado não perdoa ninguém, nem os doentes.

Mas atenção. A ditadura do mercado de preços livres só vale, é claro, para os produtos que ajudam a salvar vidas e preservar a saúde dos cidadãos brasileiros. Não vale para a cerveja, que, segundo o próprio governo, faz mal à saúde. E talvez exatamente porque se consumida em larga escala cause danos à saúde, o governo pretende tomar medidas para que seus preços não sejam aumentados. Tal catástrofe poderia acontecer, por exemplo, se apenas um grupo controlasse 75% do mercado e resolvesse adotar política de aumentos abusivos – garante o governo, a demonstrar que não entende de cerveja, de consumo de cerveja e do mercado de cerveja no Brasil.

Tenho um amigo cuja pressão foi às alturas. Seu médico proibiu-o de tomar cerveja e lhe receitou três medicamentos para controlar a hipertensão. No início, os remédios funcionaram. Mas como o governo nada fez para segurar os preços, em vez de estabilizar-se, a pressão arterial aumentava na medida em que crescia a verba destinada à farmácia. Meu amigo desistiu dos remédios e voltou à cerveja, cujos preços, segundo ele soube, o governo vigiará com mão de ferro, impedindo a formação de cartéis.

Temo pela saúde do meu amigo – embora para ele na Inglaterra vitoriana alguns médicos recomendassem cerveja para os males do coração, para ver como são crédulos esses bebedores de cerveja – e fico pensando se nesta loucura do governo não existe um certo método, como Polônio afirmou haver na do príncipe Hamlet.

Sim, porque se liberam os preços dos remédios e seguram o preço da cerveja, certamente haverá menos consumo daqueles e mais consumo desta. Um sanitarista poderia ver neste quadro uma patologia social a levar o país à redução da população, necessitada mais de remédios do que de cerveja. Com menos gente, o índice da nossa renda *per capita* melhora. Quem sabe não é esta solução drástica planejada pelos nossos governantes?

E como já citei Shakespeare uma vez, lá vai outra, quando ele fala pela voz do rei, em *A vida do rei Henrique V*: "*I would give all my fame for a pot of ale, and safety.*" Ainda na tradução de Rónai: "Daria toda a minha fama por uma caneca de cerveja, e segurança."

Dar toda a fama do governo por uma caneca de cerveja será um bom negócio e ainda tem troco. Quanto à segurança, a dos laboratórios está garantida pela necessidade dos doentes. E a das multinacionais da cerveja também; afinal, ninguém é de ferro e todos sabem: cerveja não enferruja.

Jornal do Commercio, 11 de fevereiro de 2000.

Clarice e Fernando

"Dois jovens escritores unidos ante o mistério da criação." Este é o subtítulo do livro *Cartas perto do coração*, no qual Fernando Sabino reuniu sua correspondência com Clarice Lispector. Dois jovens escritores unidos, mas, além disso, deslumbrados e temerosos diante do mistério da criação, na tentativa de desvendá-lo, aprendizes de feiticeiros, em cada palavra, em cada frase ou parágrafo, em cada trecho escrito por eles.

Na correspondência iniciada em 1946, Fernando e Clarice falam de suas vidas, do cotidiano de cada um, dos livros lidos, das descobertas literárias e decepções com autores consagrados. Revelam intimidades, queixam-se de pequenos problemas, comentam a vida que passa, e Fernando registra, na epígrafe do livro, a sentença de Rubem Braga sobre o inexorável desenrolar do tempo: "Ultimamente têm passado muitos anos."

Sim, muitos anos passam, mas nossa condição de humanos nos dá uma vantagem: lembramos a passagem deles. E quando as lembranças ficam registradas em cartas, como nas de Fernando e Clarice, reconstroem o mundo. Pode ser o *piccolo mondo* da vida literária brasileira, mas também o mundo interior de dois escritores em plena juventude, a transitar para a maturidade com o compromisso da fidelidade à palavra escrita. Assim desvendamos não apenas um, mas dois universos, este universo imerso em cada pessoa, escritor ou não, rico ou pobre, americano ou afegão, criminoso ou vítima.

As páginas deste livro representam a memória de um passado relembrado com alguém. É a "memoração" compartilhada a nos permitir o conhecimento de um tempo cronológico e do espaço interior de dois grandes escritores brasileiros contemporâneos. E embora a correspondência tenha diminuído nos últimos anos por parte de Clarice, juntos seguiram na seara da criação literária, lavoura rude sem recompensa, cujo único consolo é a "comemoração" com o leitor.

Jornal do Commercio, 9 de novembro de 2001.

Clarice

Em outubro de 1976, estávamos em Porto Alegre, escritores cariocas e paulistas convidados para encontros com jovens estudantes. O nosso grupo gravitava em torno da grande estrela, mulher estranha e bela, que já completara 50 anos. Ninguém imaginaria, então, sua precoce morte, no ano seguinte, quando ainda poderia produzir tanto.

Introspectiva, às vezes espantada, Clarice Lispector assustava-se com as perguntas que estudantes lhe faziam, na tentativa de decifrar sua obra. "O que a senhora quis dizer quando escreveu..." perguntava a jovem, e lia um texto longo. Clarice respondia perguntando: "O que você entendeu? Eu escrevi, mas não posso explicar... Você é a leitora. Ou você entende, ou então é melhor procurar outro livro..."

Ela estava cansada de ouvir perguntas daquele tipo. Seus textos, como as sonatas de Beethoven, não tinham explicação. Ela convida o leitor: "Mergulhe no que você não conhece como eu mergulhei. Pergunte, mas sem querer a resposta. Não se preocupe em entender. Viver ultrapassa todo entendimento."

Apesar desta chave, o mistério da literatura de Clarice Lispector permanece entre nós, um quarto de século após a sua morte. Ela faleceu no dia 9 de dezembro de 1977, um dia antes de completar 57 anos, e sua obra, sempre reeditada, passa de uma geração a outra, sem explicação do enigma que ela encerra. Nascida na Ucrânia, a 10 de dezembro de 1920, mas criada no Recife, aos 14 anos de idade escreveu um conto, "Mocinha", mais tarde incluído no volume *A legião estrangeira*. O romance *Perto do coração selvagem*, de

1944, deixou atônitos os críticos, quando souberam que a autora o escrevera aos 17 anos de idade. A partir de então, tornou-se um caso da literatura brasileira, e cada livro publicado, fosse romance, coletânea de contos ou crônicas, transformava-se em acontecimento literário. Entre eles, *O lustre*, *A cidade sitiada*, *Laços de família*, *A paixão segundo G.H.*, e o último, *A hora da estrela*, depois adaptado para o cinema por Suzana Amaral.

Clarice começou muito cedo e consumiu-se na chama voraz da literatura. Sua morte prematura privou o Brasil de escritora que nos legou obra estranha (às vezes obscura, aquela "maçã no escuro"), mas definitiva, cuja leitura, releitura e tresleitura são indispensáveis à tentativa, sempre fracassada, da compreensão do mundo e de nós mesmos.

Jornal do Commercio, 10 de dezembro de 2002.

Cleofe

O Rio de Janeiro muitas vezes não percebe a presença de figuras iluminadas que, como anjos, pairam sobre a cidade e derramam sobre ela os seus dons de vida e arte, transformando-a e tornando-a mais humana.

Uma dessas pessoas é Cleofe Person de Mattos. Para quem ignora, é preciso lembrar a extraordinária trajetória de sua vida, trabalho excepcional de regente e musicóloga, e a criação desta verdadeira academia de música que é a Associação de Canto Coral.

Por um décimo do realizado em sua vida, Cleofe já mereceria o reconhecimento de sua condição de anjo – não daqueles querubins gordinhos e barrocos –, mas de anjo criador e severo, capaz de extrair das gargantas humanas vozes e harmonias; de transformar em beleza indescritível o som das cordas vocais de sopranos, tenores, barítonos e baixos. Realizava assim a sua missão angélica, alçando homens e mulheres às alturas do gozo estético.

Pode parecer fantasia o que estou escrevendo, mas nos idos de 1952 os ensaios da Associação realizavam-se no auditório do Ministério da Fazenda, no último andar do prédio, onde não chegava o elevador. Noviço no grupo, geralmente atrasado, eu subia pela grande e imponente escada revestida de mármore. À medida que galgava os degraus, começava a ouvir a música vocal lá do alto, como se viesse do céu, envolvendo-me, numa sensação de elevação espiritual.

Creio que ensaiávamos o *Rei David*, de Honnegger, mais tarde apresentado no Teatro Municipal, com a OSB, sob a regência de Lamberto Baldi. E foi então que conheci a capacidade de Cleofe de trabalhar o seu instrumento, esta excepcional Associação de Canto Coral, pioneira na apresentação de obras do repertório a capela, e de grandes corais não só no Brasil como também na excursão realizada à Europa.

Esta mulher onde se uniram a fibra, o caráter, a alma forte, a capacidade de organização, o talento musical e a vocação para o estudo e a pesquisa, contribuiu decisivamente para o engrandecimento da vida musical do Rio de Janeiro. E no entanto nem sempre os gestores de políticas culturais foram capazes de reconhecer a sua extraordinária participação na vida cultural da cidade.

Lembro-me bem do esforço que ela realizou no sentido de trazer para o Brasil a Bach Akhademie, de Helmuth Rilling. Batemos em várias portas das áreas de cultura dos governos municipal, estadual e federal e em muitas delas a ignorância e o desconhecimento sobre o fecundo trabalho realizado por Cleofe, seus amigos e a Associação de Canto Coral, às vezes me deixavam envergonhado.

Na verdade, nós, que trabalhamos nos meio de comunicação, também temos responsabilidade por esta ignorância. Quando vejo nos grandes jornais páginas e páginas sobre música funk ou o último modismo do rock pauleira e nem uma linha sobre música sinfônica ou coral, às vezes desanimo. Dificilmente conseguiremos melhorar o nível cultural do país sem a colaboração da imprensa – e, é claro, da ação dos gestores da política cultural.

Cleofe fez com entusiasmo, dedicação e talento a sua parte. Nossa esperança é que seu exemplo vivo de desprendimento pessoal e de amor à música seja seguido por muitos.

Conceição do Mato Dentro

Para quem quiser ir a Conceição do Mato Dentro, na região do Serro, em Minas, o padre Antônio de Oliveira Godinho ensina o caminho: primeiro, é necessário vadear o rio das Velhas, "velho guardador dos segredos das Gerais". E mais: "galgar a Serra do Cipó, com a sua milenar gravidez de minérios para todos os gostos e paladares. Tem de parar em São José de Almeida e no Chapéu de Sol, onde há uns deliciosos petiscos feitos nos braseiros preservados em Minas Gerais contra a invasão dos gases sem alma e sem cor".

Pelo estilo quase barroco da descrição, o padre Godinho pode parecer aos jovens um sacerdote do século XVII a escrever registro histórico sobre suas andanças pelo interior do Brasil. Ledo engano. A batina deste padre frequentava mais os parlamentos do regime de 1946 do que o chão áspero dos caminhos, estradas mineiras do passado. Deputado pela UDN de São Paulo nos anos 1950, tornou-se anjo da guarda de José Aparecido de Oliveira e quem conhece o Zé um dia certamente vai conhecer Conceição, sua terra natal. O padre Godinho foi e conta:

"Depois, a vista do alto, as igrejas por onde andaram os pincéis de Manuel da Costa Ataíde, as ladeiras de pé de moleque, onde o sol põe cintilações na mica, o casario branco e azul, agarrado à colina, às vezes desafiando a lei da gravidade e, como santuário da chegada, a casa de D. Araci, onde a hospitalidade sentou praça ao redor da mesa posta e onde o lume sempre aceso, o pão sempre dourado, o vinho sempre jovem na sua provecta velhice, dão aos peregrinos a tentação de levantar ali as permanentes tendas da amizade."

D. Araci, da crônica do padre Godinho, é D. Araci Pedrelina de Lima Oliveira, viúva de Modesto Justino de Oliveira, falecido em 1940, em desastre de automóvel. Mulher de fibra, professora e diretora de escola primária, ela enfrentou dificuldades mas criou e educou os filhos, José Aparecido, Maria, Genesco, Alda e Modesto – naquelas "permanentes tendas da amizade" de Conceição do Mato Dentro. Assim formados, eles partiram para a conquista do mundo.

Ex-Conceição do Serro, hoje Conceição do Mato Dentro, com o seu santuário do Bom Jesus de Matosinhos e as igrejas de Nossa Senhora da Conceição e Nossa Senhora do Rosário, a cidade de José Aparecido de Oliveira completa hoje 300 anos de idade. Não é pouco, neste Brasil descoberto em 1500 e "independente" há 170 anos.

A festa do tricentenário começou na sexta-feira e termina hoje, sob o comando do neto de D. Araci e filho do José Aparecido, José Fernando, prefeito da cidade. Um grupo de amigos da família Oliveira e de Conceição lá está, comemorando data tão importante.

Conservadores e remendões

"Um conservador é um homem covarde demais para se bater e gordo demais para correr", disse o escritor americano Elbert Green Hubbard, ele mesmo conservador radical, autor de "Mensagem a Garcia", ensaio moralista sobre a virtude da perseverança. A definição cínica de Hubbard não parece corresponder à verdade.

Por exemplo: os conservadores ingleses, de Lorde Halifax a Edmund Burke e Winston Churchill, de Disraeli à Sra. Thatcher, todos agiram com a consciência de que prestavam grandes serviços à pátria. O mesmo não se pode dizer sobre o que fizeram aos povos e países explorados e colonizados por eles. Mas, enfim, como dizia Joe E. Brown no filme de Billy Wilder, ninguém é perfeito.

A ideia básica do conservadorismo é que o estado geral da nação deve ser conservado, para não jogar fora o que se conservou. Quando muito, mudar aqui e ali, com o objetivo de manter tudo na mesma, como no famoso romance *O leopardo*, de Lampedusa. A esquerda, ao contrário, quer transformar o mundo, seja pela força das armas, ou das ideias.

No Brasil, país de conservadores históricos, parece que não há muito para se conservar. Basta dar uma olhada nos índices de pobreza e miséria, no desemprego, na saúde pública; conservar esta situação é conservar a estagnação e o sofrimento de quase todos.

Mas, por estranho que pareça, ninguém quer ser rotulado de conservador. E, na prática, permanecem tão à direita quanto o imperador Rodolfo, em *A tragédia do homem*, do escritor húngaro Imre Madách, que aconselhava: "Deixa o mundo ficar como está: consertá-lo é a ideia de remendão."

Jornal do Commercio, 5 de dezembro de 2002.

Conversa no táxi

Para onde, doutor? Cosme Velho? Aqui da Senador Vergueiro a gente pode ir pelo Largo do Machado ou pela São Salvador. Qual o senhor prefere? São Salvador, já vi, o senhor conhece o bairro, a esta hora o Largo do Machado é aquela zorra, ninguém passa, mas às vezes aqui também engarrafa, quando tem comício lá na porta do Palácio, um bochincho que nem lhe conto, então entope tudo, mas hoje tá livre, a gente vai pela rua Coelho Neto, o senhor, com esta barba deve ser professor, conhece o Coelho Neto? Não é professor? Outro dia peguei uma professora, também na Vergueiro, passei por aqui, e ela falou desse Coelho, grande escritor, não foi?

Pois é, a professora estava atrasada, disse que ia para a Rodoviária, eu perguntei qual é o melhor caminho que a senhora prefere? Ela respondeu estou nas tuas mãos, vai o mais rápido, então entrei pela São Salvador, aí ela se espantou, por aí não, mas eu expliquei e quando a gente saiu na Pinheiro Machado e estava tudo livre ela suspirou, deixei a moça na Rodoviária na horinha do ônibus.

Como doutor? Pela direita, claro, eu já ia entrando direto para o túnel Santa Bárbara, foi bom o senhor avisar, eu falo tanto, quase erro o caminho, aqui pela direita, agora à esquerda, para Laranjeiras, estou certo? Veja o senhor esses cartazes da Bienal do Livro, a gente vai seguindo eles até o túnel Rebouças, pra chegar ao Cosme Velho, né? Será que o Coelho Neto vai à Bienal? Não, é claro, ele já morreu, mas se fosse vivo estava lá, não estava? O Coelho não ia perder essa, ia?

Desculpe tanta pergunta, mas por falar em escritor não era aqui no Cosme Velho que morava um chamado de Bruxo? Isso mesmo, o Machado de Assis, em honra de quem botaram o nome do Largo do Machado. Não? Engraçado, pensei que fosse. Mas tem lá a rua, não tem? Então, justa homenagem. O homem era grande, o senhor não acha? E estava lá na Bienal, se fosse vivo, né? Claro, tá certo, ele não ia perder ocasião de vender uns livrinhos praquela multidão, né? O senhor sabe, eu aqui nesse táxi, pego todo tipo de passageiro, mas nunca peguei um escritor, até que eu gostaria, meu filho adora ler, isso é bom, né? E que mal lhe pergunte doutor, o senhor, o que é?

Jornal do Commercio, 24 de maio de 2003.

Davos

"Um jovem singelo viajava, em pleno verão, de Hamburgo, sua cidade natal, a Davos-Platz, no cantão dos Grisões. Ia de visita, por três semanas." Este é o primeiro parágrafo do romance *A montanha mágica*, de Thomas Mann, cuja ação se passa, em grande parte, no sanatório Berghof, para tuberculosos, naquela aldeia suíça. O herói da história, Hans Castorp, ia visitar um primo doente, mas, examinado pelo médico diretor, este o aconselha a ficar para alguns dias de tratamento – e durante as quase oitocentas páginas do livro e sete anos de vida, Hans Castorp permanece internado em Berghof, à espera de uma cura individual, que alguns críticos literários viram como metáfora da tentativa da "cura" dos males da Alemanha e também do mundo de então.

Observada por este aspecto, há algo comum entre a situação retratada no romance de Thomas Mann e a reunião, na mesma Davos, do Fórum Econômico Mundial, que conta com a participação do presidente Lula. Na ficção do escritor alemão estão internados no sanatório pessoas de todas as raças e credos humanos. Isolados do mundo, conscientemente ou não, eles sofrem, além da doença, a influência dos acontecimentos de um continente dilacerado, às vésperas da Primeira Guerra Mundial.

Escrito logo depois daquele conflito, além de *bildungsroman* sobre a "doença", a salvação e a "construção" de Castorp, *A montanha mágica* é também profunda discussão sobre os destinos da Europa, onde as ambições de dinastias se chocavam com movimentos nacionalistas, os interesses econômicos comerciais buscavam mercados e orientavam os políticos na direção da conquista de nações mais fracas e a indústria armamentista oferecia arsenais de primeira linha a quem pagasse mais.

Neste quadro de "doença" crônica, a Europa enferma cultivou as contradições que culminaram com a guerra. A carnificina de 1914-1918, a última guerra europeia, na expressão do historiador americano John Lukács, foi, na realidade, um conflito de beligerantes interessados em apenas uma coisa: lucros, na feliz e sucinta resposta de John Reed, quando perguntado pelos ingênuos americanos de então, o que os europeus esperavam ganhar com aquela carnificina.

Hoje Davos não é mais um lugar para curar tuberculosos, mas tal como no tempo do romance de Thomas Mann, o mundo visto daquele burgo continua doente. Encontra-se às vésperas de uma guerra declarada por um homem profundamente ligado aos interesses econômicos, contra um ditador sanguinário que submete seu país a um regime de terror.

Encontrar os caminhos para evitar a guerra, recuperar a saúde e a sanidade parece tarefa difícil. Mas estas rotas encontram-se nas propostas dos encontros de Davos e de Porto Alegre. Para tanto, é preciso ler muito sobre economia; estudar as questões que nos afligem, mas garanto que uma leitura, ou releitura, do célebre romance de Thomas Mann não faria mal a ninguém. Ao contrário, faria muito bem.

Jornal do Commercio, 27 de janeiro de 2003.

De rabos e rábãos, ou em face dos últimos acontecimentos

Oh, sejamos pornográficos, / (docemente pornográficos) /
Por que seremos mais castos / que o nosso avô português?

CARLOS DRUMMOND DE ANDRADE

Eu escrevia um livro sobre o bairro do Cosme Velho e ao citar o padre Fernão Cardim (1548-1625), cronista das hortas e pomares do vale das Laranjeiras na época do descobrimento, acabava de digitar a palavra "rábãos", quando o telefone tocou. Era o Jaguar, pedindo uma crônica para a catita e saudosa revista *Bundas*. Comentei com o ilustre editor a coincidência, vamos dizer assim, até certo ponto etimológica, entre o vocábulo do padre Fernão Cardim e o título da revista. No mesmo instante ele sugeriu: "Então escreva sobre os rábãos!"

Ora, rábão, segundo o dicionário de Antonio de Moraes Silva, o famoso Moraes, publicado em 1813, não passa de "hortaliça vulgar, que he uma espécie de raízes brancas succosas". Cândido de Figueiredo dá mais informações: rábão é o rábano, uma "planta crucífera". E a enciclopédia Delta explica: o rábano difere do rabanete por ter raiz mais alongada, oblongo-globosa, ou subcilíndrica. Entenderam? Nos séculos XVI e XVII os portugueses cultivavam rábões em suas hortas. E antes deles – que na época já se deliciavam com rabadas e rabanadas – índios também comiam os rábãos do Cosme Velho.

Com a palavra rábão na cabeça, insisti na pesquisa lexicográfica. Mas *modus in rebus*, disse para mim mesmo; deixemos de lado qualquer intenção fescenina ou menos respeitosa. Apesar disso confesso ter ido ao Aurélio com a mesma curiosidade que tinha, na infância, quando ia procurar aquelas palavras. Mas, oh, decepção! O Aurélio só registra rábão – olhaí, Marina! – como variação de rábano. Em compensação, lista uma série de outros rabos, todos ligados por hífen. O Candido Figueiredo cita o verbo rabear, uma delícia do léxico oitocentista: "mexer a cauda, mexer-se, estar inquieto..., dirigir (charrua ou arado) segurando-a por rabiço..." Veja o leitor como a gente descobre a riqueza do idioma pátrio com a simples evocação do nome de uma hortaliça succosa, crucífera e oblongo-globosa ou subcilíndrica!

Por falar em rábões, e indo de cabo a rabo, lembrei-me de que no próximo dia 29 de agosto comemoram-se os 250 anos de nascimento de Goethe, que certamente comeu muito rábano, às refeições, na sua vida cheia de amores. Goethe escreveu sobre um personagem rabudo, Mefistófeles, sempre a esconder o rabo, mas ninguém ignora, rabudo ele é e o seu é dos grandes. Mefisto abanou o rabo de contente, quando o velho Fausto caiu na sua conversa e trocou a alma pelo amor – pelo amor, notem bem, sejamos pornográficos, mas não exageremos – de Margarida e também, depois, de Helena de Troia, se não me engano.

Voltando aos personagens de rabo do Brasil seiscentista (aqui, à época, os macacos deglutiam rábões rabelaisianamente), lembro que somos primos desses símios rabilongos e gulosos. Portanto, vale citar o bordão, "macaco, olha o teu rabo!" quando um político chama o outro de vagabundo.

Vagabundo? E depois ainda reclamam do Ziraldo, que simplesmente convidou-nos, a todos, leitores e colaboradores, com a última estrofe do belíssimo poema de Drummond, "Em face dos últimos acontecimentos": "Propõe isso a teu vizinho, / ao condutor do teu bonde, / e todas as criaturas / que são inúteis e existem, / propõe ao homem de óculos / e à mulher de trouxa de roupa, / Diz a todos: Meus irmãos, não quereis ser pornográficos?"

Em face dos últimos acontecimentos, o que nos resta, irmãos?

Jornal do Commercio, 24 de março de 2000.

Direito à comida

No seu romance *O poder e a glória*, Graham Greene narra cena na qual um faminto no interior do México comenta com seu compadre um costume da capital do país, quando os ricos tomam aperitivos e comem salgadinhos para estimular o apetite. Os dois, vítimas da fome, amaldiçoam aquela injustiça mas não têm forças para se revoltar. Esta cena ficou gravada na minha mente e sempre me recordo dela quando, nas raras ocasiões em que frequento, são oferecidos acepipes e bebidas para estimular as papilas gustativas dos convidados.

Consciência pesada? Talvez. Na lição de Betinho todos somos responsáveis pela fome dos nossos semelhantes e esta lição deve ter pesado na decisão do presidente eleito de encontrar, antes de mais nada, uma solução para alimentar adequadamente todos os brasileiros.

Lembro-me de ter visto num jornal uma foto feita na China, logo depois de terminada a guerra com o Japão, quando a fome no país era endêmica. Uma velha tentava recolher o arroz que escorria de um saco que estava furado, no interior do caminhão. Eu tinha 10 anos e fiquei impressionado com aquela miséria. A foto tornou-se o símbolo de um país morto de fome. Anos depois, a China comunista orgulhava-se de ter banido do seu território aquela desgraça.

Não se assustem. Longe de mim pensar que será necessário instalar no Brasil uma ditadura do proletariado no estilo maoista, para eliminar a fome. Mas é indispensável trabalhar com persistência e competência no sentido de encontrar fórmulas capazes de garantir o primeiro dos direitos humanos, que é o direito à vida.

Nós, os do mundo da fartura, convivemos com os famintos do Brasil. Para dar de comer aos que têm fome, o presidente eleito não precisa do milagre da multiplicação dos pães. Basta ampliar o emprego, dar trabalho a todos e providenciar comida para os que, mesmo conseguindo salário, ainda precisam de ajuda para alimentar a família. E acabar com esta tragédia social dos que sobrevivem com fome.

É o mínimo que pode ser feito no sentido de melhorar o Brasil.

Dom Hélder

A marca do *homo politicus* fixou-se de forma indelével na vida de dom Hélder Câmara, o arcebispo emérito de Olinda e Recife, o "irmão dos pobres", nas palavras do papa João Paulo II. Embora o estimasse, e ao abraçá-lo, em Recife, colocasse a mão no peito, um gesto para muitos indicativo de considerá-lo um cardeal *in pectore*, substituiu-o naquela arquidiocese por um bispo devotado a destruir a obra por ele realizada em anos de amor dedicado aos seus irmãos.

Esta participação ativa no século, sempre do lado dos excluídos, a parte mais visível de sua ação, obscureceu a verdadeira dimensão da profunda espiritualidade do sacerdote cearense. Agora o jornalista Marcos de Castro, autor de *Dom Hélder: misticismo e santidade*, reencontra o seu forte lado espiritual, legado importante ao lado de sua ação social.

"Na verdade" – escreve Marcos de Castro –, "dom Hélder só agiu politicamente porque seu encontro com Deus exigiu sempre uma vivência integral do cristianismo, vivência indesligável do amor aos 'pequenos' – como ele chamava os desassistidos, os pobres, os miseráveis, os sem-vez, os sem-voz, os despossuídos – e da luta pelos perseguidos por terem fome e sede de justiça."

Um dos poucos jornalistas católicos da nossa geração, Marcos de Castro foi vítima da violência no regime militar, mas superou tudo no exercício de sua profissão, com talento e dignidade, no testemunho permanente de sua fé inabalável e no exemplo de caráter e capacidade de trabalho que transmite todos os dias para os colegas.

(Ao reler as linhas acima senti a tentação de descrever Marcos como católico praticante, o que seria uma bobagem. O adjetivo "praticante" colocado depois de católico parece garantir que o referido leva a sério a prática da religião; da mesma forma, quando se diz que alguém é católico, sem o "praticante", presume-se tratar-se de um católico só para efeitos da estatística do IBGE. Ora, ou o sujeito é católico ou não é. E se é, deve praticar sua opção, assim faz o Marcos de Castro. Portanto, dispenso o adjetivo.)

Em estilo perfeito, autor de *A imprensa e o caos na ortografia*, e, com João Máximo, *Gigantes do futebol brasileiro,* Marcos conta a vida de dom Hélder desde o seu ingresso no Seminário de Fortaleza, até o fim da vida, como arcebispo emérito de Olinda e Recife, época em que se acentua o seu lado místico e espiritual.

Marcos foi despertado para este aspecto da personalidade de dom Hélder depois da leitura do texto de uma conferência do padre José Comblin, sacerdote nascido na Bélgica, brasileiro por opção, sob o título *Espiritualidade de dom Hélder*. Comblin conheceu dom Hélder de perto. Trabalhou em entendimento perfeito com a arquidiocese no Instituto de Teologia do Recife. Além de amigos, eram irmãos, como dizia dom Hélder.

O texto inspirou Marcos, autor de um primeiro artigo sobre o sacerdote sem atentar para este aspecto fundamental da sua vida. Para Comblin, dom Hélder foi "antes de tudo um místico". O melhor testemunho dessa face marcadamente espiritual são os livros que publicou sob o título geral *Meditações do padre José*, mas há ainda mais de mil páginas inéditas que serão editadas pela entidade pernambucana que reúne os amigos de dom Hélder. Páginas plenas de meditações revelam o poeta e o místico e quem as ler verá como "a sua vida estava absorvida em Deus", segundo Comblin.

E, ao fim da leitura, Marcos de Castro nos avisa, ao citar Bergson, que "os verdadeiros místicos revelam-se grandes homens de ação, para surpresa daqueles para quem o misticismo é só visão, transporte, êxtase...".

Dos sebos

Vocês sabem quem foi Al-Farabi? Eu também não sabia, até ler o livrinho *O guia dos sebos*, de Antônio Carlos Secchin. Filósofo muçulmano, nascido no Turquestão, Al-Farabi viveu em Bagdá, felizmente muito antes que as bombas dos Bushes, pai e filho, destruíssem a cidade. No seu tempo, pela cultura e reputação de grande leitor, emprestou seu nome aos livros e documentos antigos e velhos, às vezes comuns, e outros valiosos e raros: os alfarrábios.

No Brasil, os alfarrabistas são os que comerciam com esses livros, e suas lojas ganharam o nome de sebos, termo relacionado com a aparência já manuseada, e por isso "ensebada", das obras ali vendidas. Outra explicação etimológica informa que sebo viria do substantivo sebenta, isto é, apostila de aula, e daí sabença. E o lugar onde encontrar a sabença, o sebo. Daí a expressão metido a sebo, isto é, metido a saber o que não sabe.

Eu sabia da existência do livro de Antônio Carlos Secchin, mas só o descobri pela leitura de sua segunda edição. Trata-se do mapeamento de todos os sebos do Rio de Janeiro, São Paulo e outras capitais brasileiras com informações completas sobre cada um deles.

Um guia indispensável para todos os que gostam de bons livros e bons preços. E num exame detido das prateleiras você pode encontrar uma obra rara, que enriquecerá a sua biblioteca. Eles são numerosos: 69 em São Paulo, 45 no Rio de Janeiro, e mais de cem em outras capitais brasileiras. Vamos aos sebos, guiados pelas mãos competentes desse Al-Farabi brasileiro, o poeta Antônio Carlos Secchin.

Elogio da bobagem

O ser humano poderia ser salvo pela bobagem ou encontrar a felicidade se fosse bobo? A pergunta parece boba, mas procede. No livro *Como ser feliz sem dar certo*, de Carlos Moraes, o subtítulo é instigante: *E outras histórias de salvação pela bobagem*.

A bobagem salva? Para Moraes a resposta é afirmativa. Ao narrar histórias de gente feliz, a exemplo do homem que não tinha camisa e de exemplos de gente capaz de melhorar as nossas vidas, ele fala da esperança, neste mundo de sacripantas onde uns querem devorar os outros a qualquer custo. "Abaixo a hipocrisia da seriedade e salve os que aceitarem a bobagem como virtude" – afirma Moraes.

O humor deste paulista ordenado sacerdote em 1966 às vezes lembra o melhor Luis Fernando Veríssimo e outras o José Candido de Carvalho de *O coronel e o lobisomem*, mas em cada trecho do livro surgem os valores humanos, para alguns grandes bobagens, mas tudo sem querer dar lições de moral. Em 1973 ele foi preso, julgado e condenado com base na Lei de Segurança Nacional. Depois de um tempo no exílio, voltou ao Brasil e tornou-se jornalista. É autor de livros infantojuvenis e já ganhou o prêmio Jabuti.

Este *Como ser feliz sem dar certo* é o seu segundo livro de crônicas. A ideia da salvação pela bobagem surge das conversas com um amigo (real ou imaginado?), Luiz Vitorino Gamba Martins, humanista radical. Cansado da sociedade consumista, Vitorino isolou-se num sítio em Minas e escreveu um livro de contra-ajuda. O livro debocharia dos de autoajuda, alguns deles reles arapucas para ganhar dinheiro.

No livro hipotético, jamais escrito, Vitorino contaria histórias de pessoas empenhadas em navegar na contracorrente, e por isso consideradas bobas pelos bem-pensantes. São pessoas cujas paixões não coincidem com o mercado, este deus voraz ou o Big Brother que Orwell imaginou para 1984 mas hoje, cruel realidade, instituição que nos domina e nos controla. E ao condenar o mercado selvagem, anjo exterminador da bondade na alma humana, começa a defesa dos valores autênticos.

Um bom exemplo é a história de uma tia, por meio século professora primária, com salário inferior ao de uma digitadora. Tenaz, ao fim da vida ainda dava aulas de reforço para a molecada do bairro em troca de receber baldes de água para sua horta. Pelos critérios do mercado, ao incentivar os vencedores a qualquer preço, os ricos e os poderosos, a velhinha era uma boba. Mas pela bobagem salvou sua vida e ajudou muita gente. Portanto, salve a bobagem!

Em outra crônica, lembra o sermão pregado por um frade: "A bobagem é doce, inesperada e burra. Ouvi-a, irmãos, ouvi-a sempre, pois neste mundo muito rezaremos, muito batalharemos e muito nos sacrificaremos, mas só com a mão boba da alma alcançaremos a salvação."

Livro delicioso e reconfortante, faz bem à alma.

Jornal do Commercio, 28 de maio de 2001.

Entregues a facínoras

Às 10:30 da noite o homem resolveu ir à cozinha, queria tomar um suco de frutas antes de se deitar, hábito adquirido na juventude passada no Nordeste, e mantido no Rio. Um dos filhos já estava recolhido, o outro ainda não chegara da faculdade, e a mulher ainda via um filme na televisão. Tudo permanecia calmo e tranquilo, quando ele ouviu os primeiros tiros. Sua mão tremeu, quase deixou o copo de suco cair no chão, presa da horrível sensação, os tiros ecoavam como sendo dados dentro da sua casa.

Desesperado, sem pensar mais, correu até onde estava a mulher. Também apavorada com o horror sonoro a estourar seus tímpanos, ela procurava se proteger daquela fuzilaria infernal. Mas encontrar refúgio onde, se eles continuavam sem saber de onde os tiros partiam e aonde chegavam? Tudo acontecia ali, ao lado deles, e repercutia como se as balas ricocheteassem na sala de jantar.

Pensou no filho e correu até o quarto do rapaz. Ele também ouvira o matraquear dos fuzis ou metralhadoras. Na tentativa de proteger-se, escondera-se debaixo da cama e, ao ver o pai incólume, suspirou fundo. O homem fez gestos para o filho, o garoto deveria permanecer ali, até a fuzilaria acabar. Depois de alguns minutos – com a duração de uma eternidade –, sobrevieram o silêncio e a calma.

Quando passou a sensação de perigo, foi à varanda e olhou para a pracinha da estação do bondinho do Corcovado. Viu a cabine da PM destroçada pelas balas. Ouviu a sirene de carros da polícia chegando. Ele era médico e psicanalista, resolveu descer, talvez pudesse ajudar em alguma coisa. Consolou uma florista, que chorava nervosa – ela escapara, mas suas flores não. Conversou com os PMs recém-chegados, estavam tensos, um deles mostrou-lhe os cartuchos disparados, e pela primeira vez ele viu aquele artefato produzido para matar. Não entendia de armas, mas alguém lhe disse, as balas eram de grosso calibre. "Podem matar um elefante", outro comentou. Olhou para o chão e viu dezenas delas, espalhadas, resíduos de ação criminosa cuja repetição vai transformando o Rio de Janeiro, aos poucos, numa cidade entregue a facínoras.

Escrever e acontecer

Alguns ficcionistas temem que o imaginado, escrito e publicado, mesmo da forma mais delirante, qualquer dia pode acontecer na realidade. Contista bissexto, jamais acreditei nisso, até o dia em que fui baleado num assalto à minha casa. Não se horrorizem; por estranho que pareça, o ferimento não produziu dor e só senti o impacto quando o sangue começou a empapar minha camisa. Normalmente, o baleado, quando não é o John Wayne, passa um mau bocado, pelo menos isto se vê naqueles filmes educativos transmitidos pelas redes de televisão, sempre preocupadas com a nossa formação cultural. Mas deixemos isso pra lá. Ouvi o disparo, vi o sangue, mas não caí, e a dor não deu o ar de sua graça, ou desgraça. Pensei por um momento que eu tinha uma identidade secreta de herói de história em quadrinhos, tão secreta que nem eu mesmo conhecia. Não era herói coisa nenhuma como se verá a seguir.

Moramos num sobrado no Cosme Velho, construído com grande dificuldade devido à falta do ervanário. Nos primeiros tempos, a casa não tinha portões; vieram os portões, mas faltavam as fechaduras. Improvisamos as fechaduras. Nesse tempo, dois assaltantes entraram pelo portão sem dificuldade e forçaram a porta da cozinha. Apenas um deles estava armado, enquanto o outro garantia a retaguarda. Aos gritos, exigiam que eu entregasse ouro e dólares, valores dos quais, infelizmente, eu me achava inteiramente desprovido. Com a franqueza habitual, e na certeza de convencer os bandidos, informei-os sobre a ausência daqueles valores na nossa casa.

Não consegui convencer o assaltante armado, ou entrega ou morre, dizia ele, irritado, e com o revólver apontava para o meu peito. Sem me dar conta do perigo que corria, respondi – e aqui confesso, não sem uma ponta de ironia malsã –, embora eu nada tivesse, talvez eles pudessem encontrar o desejado na mansão do nosso vizinho, o doutor Roberto Marinho, na quadra seguinte. Mas adverti, tomassem cuidado; a segurança da mansão era bem armada e barra-pesada. O mais durão, revólver em punho, não gostou do comentário. Julgou, com razão, que eu não levava o assalto a sério, embora eu tremesse de medo, e insistiu aos gritos na entrega do ouro e dos dólares. Mas, corajosa e destemida, minha filha correu até a porta da frente e botou a boca no mundo. "Socorro! É um assalto! Ladrões!"

O da retaguarda, espantado com o alvoroço, gritou para o outro, sujou, sujou, vamos embora! E começou a retirada. O da frente, meio atarantado, afastou-se um pouco e disse tá bem eu vou, mas antes vou te queimar! E atirou. Enquanto ele falava, consegui fechar a porta da cozinha, cuja parte de cima era de vidro aramado e assim a bala, embora disparada à queima-roupa, perdeu um pouco do impacto ao atravessar o obstáculo, antes de me atingir.

No primeiro momento Laura, minha mulher, o mais otimista dos seres humanos, ao ver o sangue manchando a camisa perto do ombro, sentiu-se aliviada e chegou a dizer, graças a Deus! foi no ombro, foi só no ombro! E aí nos lembramos daqueles westerns do John Wayne nos quais a bala passa raspando pelo ombro dele, e o herói, apesar de ferido, na cena seguinte já está são e salvo, com o braço na tipoia e aos beijos com a mocinha. Seria assim comigo também, ou melhor ainda, pois os beijos, além de uma toalha para estancar, vieram no mesmo instante, mas o resto da história foi mais complicado.

Primeiro, eu não sou o John Wayne para enfrentar bandido e sair incólume e o tiro não foi no ombro, e sim na região deltoide, perto do ombro, mas no peito, rente a uma artéria que, se atingida, levaria à hemorragia e, quem sabe, eu não estaria aqui para contar esta história. Felizmente a artéria foi poupada. O local que a bala atingiu, insisto, não doía, mas sangrava bastante, o suficiente para me levar a concluir: eu não era o John Wayne e muito menos um super-herói. Felizmente Nina, nossa vizinha e anjo da guarda, levou-nos às pressas para o hospital e aí começa a história que eu queria contar. Até aqui, vejam só, foi apenas a introdução.

Toda a conversa com o solícito médico que me atendeu era a repetição, *ipsis verbis*, de um diálogo que eu havia escrito para o conto "Um Suicida" do meu livro *O Diabo só chega ao meio-dia*. A história de um sujeito que tentara o suicídio dando um tiro no coração mas, desastrado, errou a pontaria, não conseguiu se matar e acabou atendido num hospital público, onde os médicos o salvaram.

As perguntas do médico real repetiam as do doutor do meu texto, fruto exclusivo da imaginação, e eu não tinha a menor ideia de como um ferido a bala seria recebido num hospital. Em certo momento da conversa real, eu disse por favor, vamos parar por aqui, eu já escrevi tudo isso; o médico imaginou-me vítima de um delírio e prosseguiu a repetir linha por linha o meu diálogo, como se o soubesse de cor. Por fim, sentenciou: vamos ver como você passa a noite e amanhã resolveremos se devemos extrair a bala ou não. Eu me conformei, *maktub*, tudo estava escrito, na manhã seguinte ele diria, não precisa operar. Assim acontecia no meu conto, mas na vida real, pela manhã, o cirurgião explicou, e aí é um pouco diferente da ficção: a região deltoide é muito delicada, plena de nervos, o melhor seria deixar a bala ali, mas de qualquer forma, por outros motivos, a bala também não foi extraída do peito do meu personagem.

Guardo o projetil até hoje, imbricado na rede neurológica da região deltoide e envolvido numa bursa que o próprio organismo criou para isolá-lo. Parte integrante do meu corpo, dela não tenho queixas. Não dói, nem me incomoda. E quando passo por um detector de metais, ela se esconde de tal maneira, que nenhum deles jamais apitou.

Quanto ao meu personagem, também vai bem, obrigado. Sua história foi traduzida e publicada na Alemanha, o que me rendeu alguns marcos, aquela moeda desaparecida com a adoção do euro, e foram logo aplicados na compra de fechaduras dos portões e numa rodada de chope para os amigos, que eu não sou de guardar dinheiro em casa.

Esperar alienígenas

Os astronautas mortos no desastre do ônibus espacial Columbia e, em outras ocasiões, considerados mártires da aventura espacial americana, juntam-se a tantos outros, marinheiros de garra e coragem, que se lançaram ao mar, no século XVI, na base do navegar é preciso, viver não é preciso, e muitos deles também se deram mal.

O Columbia recebeu este nome em homenagem a Colombo, navegador capaz de escapar dos perigos do mar tenebroso, ao contrário de outros, que pereceram. Alguns, como Fernão Mendes Pinto, o "mentes? minto", não só navegou mas também contou suas histórias do mar, com um certo exagero, é certo, mas em prosa de primeira água, da melhor escrita na sua época.

Para os recursos de navegação de 1492, as dificuldades da viagem seriam parecidas com as dos voos espaciais de hoje, em busca de outros mundos. Naquela época, as caravelas moviam-se pelos ventos da ambição, do comércio e do poder político. Hoje, quem dominar o espaço, dominará o planeta. Mas a ânsia por ir às estrelas às vezes dá a impressão de esgotamento do planeta, sempre às vésperas de nova guerra. Assim chegou o tempo de fazer em Marte os estragos já feitos aqui.

A loucura da corrida espacial, ensaiada por Werner von Braun com foguetes lançados contra Londres, tornou-se uma obsessão em 1957, quando a União Soviética colocou em órbita o seu primeiro *sputnik* e mais tarde Gagarin fez o voo espacial e anunciou a cor da Terra: azul, cor do mar. Não se sabe qual a cor de hoje. Mas a ideia de partir em busca de outro pouso no sistema solar parece mais uma aventura fáustica, custará o sacrifício de muitas vidas humanas, muito dinheiro – e, depois da tragédia do Columbia, levará muito tempo para se tornar realidade.

Se no tempo das navegações o velho do Restelo tivesse sido ouvido, talvez maias, incas, astecas, seja pelo Pacífico ou pelo Atlântico e até os nossos tupis em suas pirogas teriam descoberto outras terras antes da chegada dos "descobridores" nas nossas praias. E assim, talvez a história fosse outra. Não seria o caso de esperar a chegada dos alienígenas, antes de tentar alcançá-los primeiro?

Jornal do Commercio, 4 de fevereiro de 2003.

Euclides e Olímpio

Até os 11 anos passei as férias escolares em São José do Rio Pardo, na casa de meus tios, ela irmã de minha mãe e ele dono de uma torrefação de café, o café Rio Pardo. Um dos melhores que já provei na minha vida. À tarde, terminado o trabalho na torrefação de café, meu tio me convidava para ir até às margens do rio. No entardecer suave do interior paulista, sentávamos em um banco de onde se viam a ponte sobre o rio Pardo e uma casinha, onde – ele informava –, Euclides da Cunha, um grande brasileiro, enquanto reconstruía a ponte, escrevia o maior livro da literatura brasileira, *Os sertões*, sobre a guerra de Canudos.

Eu me perguntava de que maneira um engenheiro que reconstruía uma ponte também era capaz de escrever um livro – o maior da literatura brasileira, na opinião do meu tio. Engenharia e literatura não combinavam, eu pensava. Só consegui resposta mais tarde, quando me aventurei pelas páginas de Euclides e comecei a descobrir a grandeza do homem e do escritor.

Um pouco mais tarde, em 1957, foca no *Correio da Manhã*, conheci e fiz boa amizade com o chefe do arquivo do jornal, Olímpio de Souza Andrade, intelectual cuja modéstia não conseguia esconder toda a extensão do seu saber, figura respeitada pelos luminares da redação, entre os quais Antonio Callado, Otto Maria Carpeaux, Franklin de Oliveira e Luiz Alberto Bahia. Olímpio nascera em São José do Rio Pardo e já era, naquele então, um dos maiores estudiosos da vida e obra de Euclides da Cunha. Nos raros momentos em que o trabalho permitia, conversávamos sobre seu tema predileto, que passou a ser o meu também. Mostrou-me detalhes dos quais eu jamais suspeitara. Um pouco mais tarde deixei a redação do *Correio da Manhã*, mas retomamos amizade quando, em 1961, descobrimos que éramos vizinhos, no Leme. Em 1960, publicou seu livro, hoje clássico, *História e interpretação de* Os sertões do qual conservo um exemplar com generosa dedicatória.

Agora a Academia Brasileira de Letras lança a quarta edição do livro de Olímpio, com apresentação de Alberto Venancio Filho e prefácio de Walnice Nogueira Galvão, na coleção Afrânio Peixoto. Trata-se de um clássico sobre um clássico, leitura indispensável para o entendimento da obra, da época em que foi escrita e do homem que a escreveu. Trabalhador incansável, falecido em 1980, Olímpio de Souza Andrade dedicou sua vida a estudar Euclides da Cunha, e se mais tempo tivesse, mais escreveria sobre ele. Um exemplo para todos nós.

Jornal do Commercio, 12 de novembro de 2002.

Evandro, o inesgotável

Falecido em dezembro, vítima de queda na rua, acidente que deixou os seus amigos consternados, Evandro Lins e Silva, o ministro Evandro, como todos o chamavam com respeito e carinho, completaria hoje, dia 18, 91 anos de idade. Quando sofreu a queda, estava em plena atividade: regressava de Brasília, onde fora empossado como membro do Conselho de Estado pelo presidente Fernando Henrique. Antes da viagem e na capital também, dizia que não seria figura decorativa no Conselho. Iria participar ativamente dos trabalhos – e ninguém duvidava da sua disposição de prestar mais este serviço ao Brasil.

Quando recebeu homenagem da Academia Brasileira de Letras na passagem dos seus 90 anos, vários acadêmicos exaltaram sua personalidade, mas um deles, Raymundo Faoro (que Evandro convencera a ingressar nos quadros acadêmicos, e elegeu-se na vaga de Barbosa Lima Sobrinho), foi de extrema felicidade ao defini-lo: "O assunto Evandro, o assunto dos temas que ele abordou, a vida que passou, é absolutamente inesgotável." Definição tão perfeita que nem a morte conseguiu modificar. Não só a obra, mas também a vida de Evandro, seu exemplo de dedicação ao Brasil e coragem cívica continuam absolutamente inesgotáveis, mesmo depois do seu desaparecimento.

Afonso Arinos Filho, ao falar na mesma ocasião, acentuou as palavras de Faoro: "Não é fácil a tarefa de resumir, ainda que em poucos minutos, qualquer face de uma figura poliédrica como Evandro Lins e Silva, nas suas nove décadas de uma vida inatacável, toda dedicada à justiça, ao direito e aos interesses maiores e mais legítimos do país."

Figura poliédrica, desde as lutas iniciadas na juventude, e sempre presente e atuante nos momentos cruciais da vida brasileira. Nomeado para o Supremo Tribunal Federal poucos meses antes do golpe militar de 1964, "marcou sua atuação de magistrado pelo desassombro com que soube enfrentar os poderosos do momento, concedendo habeas corpus para vários perseguidos políticos, a exemplo de Miguel Arraes", disse o seu sobrinho, o jurista paulista Fábio Konder Comparato. E mais:

"Por fim, como coroamento dessa santa aliança entre a advocacia e a pública defesa de convicções políticas, Evandro soube levantar-se para defender a dignidade do povo brasileiro, perante o Senado e o Supremo Tribunal Federal, no processo de afastamento de Fernando Collor de Mello da Presidência da República. Não atuou como acusador, mas sim como defensor da dignidade do povo brasileiro."

Admirador do ministro Evandro, no seu discurso na Academia, Alberto Venancio Filho lembrou-o em texto do qual retiro este trecho: "Entre as inúmeras qualidades que ornam o seu espírito, há uma que merece particular destaque: a capacidade de admirar os mais velhos, admirar os colegas de profissão com respeito e veneração."

Ao agradecer a homenagem da ABL, Evandro revelou seu apreço por um grande advogado americano, Clarence Darrow, famoso por suas defesas perante o júri. E foi com Darrow que Evandro concluiu sua oração:

— Ele é um dos meus ícones e um dos mais extraordinários advogados que tenho lido sem esquecer naturalmente meu velho mestre Evaristo de Moraes. Certo dia prestaram-lhe uma homenagem, em que ele foi exaltado, elogiado, posto nas alturas, cantados as suas virtudes, o seu talento, as suas grandes vitórias na tribuna do júri, e o brilho com que se desempenhou como secretário do Trabalho, no governo de seu amigo Franklin Delano Roosevelt. Com o mesmo chiste de Darrow, concluo de modo alegre e feliz, repetindo suas palavras de motejo, que envolvem um risonho e prazeroso agradecimento: "Eu sou a pessoa sobre a qual falaram todas essas coisas. Sempre achei que era um sujeito dos diabos, mas agora tenho certeza disso... Muito e muito obrigado."

Nós é que agradecemos, por Evandro Lins e Silva ter existido.

Jornal do Commercio, 18 de janeiro de 2003.

Frei Marcos

Os jornais publicam crônicas para oferecer ao leitor uma visão diferente, às vezes estranha ou insólita dos acontecimentos dos nossos dias, do nosso *cronos*, do nosso tempo. Estamos em tempo de eleições e o assunto do cronista, que na distante juventude foi repórter da editoria de política, deveria ser o pleito de domingo.

Mas se algum leitor frequenta este espaço, terá que esperar até amanhã para saber quanto tempo passei na fila para votar, ou o que penso sobre a surra que o eleitorado deu em políticos corruptos de alguns estados. Perdi o interesse em discutir os eventos eleitorais ao saber da morte de frei Marcos, sacerdote da ordem dos dominicanos, pároco da igreja Nossa Senhora do Rosário, no Leme.

Eu sabia que ele estava doente. Na missa celebrada por ele para lembrar dois anos de morte de Barbosa Lima Sobrinho, parecia fraco e cansado, mas imaginava que, forte como era, logo se recuperaria. Frei Marcos era grande amigo do presidente da ABI, e o celebrante da missa de seu aniversário, nos últimos anos rezada em casa do dr. Barbosa e de d. Maria José, na rua Assunção.

O Brasil perdeu um homem que, ao identificar a presença de Deus no seu semelhante, consagrou-se ao Seu serviço, servindo a todos aqueles que sua ação evangélica alcançava. Este doar-se para consolar os aflitos, impregnado de forte consciência da necessidade da justiça social, fez de frei Marcos um rochedo onde muitos encontraram lugar seguro para preservar sua fé.

Não só nos anos de chumbo, mas também nos tempos em que a débil democracia ensaiava os seus primeiros passos, frei Marcos deu abrigo espiritual àqueles que, perseguidos ou desencantados, céticos ou desiludidos, encontravam-se perdidos diante de tanta injustiça, tantos crimes e tanta corrupção. A todos, sua palavra animava, e estimulava a prosseguir, a lembrar sempre a caridade como a grande virtude e a injustiça como o grande pecado.

Todos os seus amigos choram sua perda, não só os que, moradores em outros bairros, cultivavam sua amizade, como os da sua paróquia, no Leme, e especialmente os do Chapéu Mangueira e da Babilônia. Frei Marcos deixou marcas profundas em quem o conheceu; marcas transformadoras, capazes de estimular quem tenta transformar o mundo.

Gudin só bebia vinho

Quando pela primeira vez aportaram na baía hoje chamada de Guanabara, os portugueses encontraram na terra firme o paraíso. Índios tranquilos conviviam com a natureza de forma a extrair dela a subsistência, sem degradá-la. Vários rios desaguavam na baía, o que fez com que os navegantes suspeitassem estar na foz de um grande rio, como a do Tejo, em torno da qual surgiu Lisboa. Daí o Rio de Janeiro, como informam os compêndios escolares.

A terra era boa. Em se plantando, tudo nela dava; as águas, excelentes, claras, puras, descendo das vertentes dos morros, como a do rio batizado mais tarde com o nome de Carioca, que, vindo das encostas do Corcovado, fluía a céu aberto até o Flamengo. Naquela área onde hoje termina a rua Barão do Flamengo ficava a Aguada dos Marinheiros, onde os veleiros que aqui chegavam se abasteciam de água doce. Água era o que não faltava, na cidade de então.

Com a urbanização e o desleixo das autoridades, começaram os problemas da falta de água, que se tornaram críticos na segunda metade do século passado. A chamada "linfa potável" tornou-se escassa e só nos anos 1960 a situação começou a ser resolvida, com as obras que o governo de Carlos Lacerda realizou para captar as águas do rio Guandu.

Nos primeiros tempos, a água voltou em abundância aos lares cariocas. Mas a propaganda da época dizia que o problema estava resolvido só até o ano 2000. Hoje estamos em fins de 2001, e se não há grande falta, existe muita sujeira e a água tornou-se intragável. A solução, para os que podem, é apelar para a água mineral, mas os jornais informam que muitas marcas não oferecem a qualidade indispensável para o consumo.

Quando leio notícias sobre a água suja que a Cedae está fornecendo para o Rio de Janeiro, lembro-me do conselho do engenheiro e economista Eugênio Gudin, aos seus amigos: "Não bebam água, que faz mal à saúde. Eu sei bem de onde ela vem. Bebam vinho. Eu posso dizer que jamais tomei água neste século." Gudin referia-se ao século XX. Água ele só bebeu no século XIX, do nascimento à juventude. Viveu cem anos.

E *cosi la nave va*, como dizem os italianos. Nunca foi tão verdadeira a paródia à marchinha que cantou a Cidade Maravilhosa: "Rio, cidade que me seduz, de dia falta água, de noite falta luz."

Sim, porque apesar das chuvas, o governo informa que o regime de economia vai até abril – e isto se São Pedro ajudar e reforçar as águas de março, aquelas que fecham o verão, como cantou o Tom Jobim.

Jornal do Commercio, 17 de novembro de 2001.

Hélio Pellegrino

Na tarde ensolarada do cemitério São João Batista, à beira do túmulo de Hélio Pellegrino, frei Leonardo Boff lembrou-nos que a morte não representava o fim do testemunho de um cristão no século; sem Hélio, o seu legado ético e espiritual permanecerá incólume, no clarão deixado por sua iluminada presença entre nós. A vitória da vida é duradoura por ter sido conquistada em cada instante de uma existência transformada em missão, que não se esgota com o seu desaparecimento físico.

Participante da primeira hora, combatente da primeira linha, incansável Quixote a lutar contra dragões reais (que nada tinham de moinhos de vento), Hélio fez da paixão o sentido da sua vida e tornou-se, para os contemporâneos, o melhor exemplo do homem sem medo –, ou de um medo só: o de perder-se e saciar-se da sede de paz e justiça.

Terno e doce, mas firme e veemente, presa de ânsia incontida a empolgar seu bravo e sofrido coração, emanava dele a força extraordinária do amor infinito, capaz de comover mentes e consciências e, mais além, as vontades. As vontades mobilizadas para transformar a face de sociedade crudelíssima com seus filhos, onde prevalecem e cantam vitória as forças do medo, da opressão, da cobiça, da estupidez, da vaidade e da injustiça.

Hélio era tocado pela graça. A sua presença infundia em todos a certeza de que ali estava alguém marcado pela beleza e ternura; mas ao mesmo tempo capaz de enfrentar as situações difíceis, mesmo contra o adversário armado. Sua força indomável, a energia a sair pelos poros, não nascia da violência mesmo nos momentos mais dramáticos. Ela nascia, sutil, e ao mesmo tempo dura como aço, da certeza da consciência reta, do amor pela humanidade, da inata capacidade de entender o próximo e da convicção inabalável, baseada na fé cristã, de que a salvação passa pelo mundo, vasto e sofrido mundo, onde ele lutava mal rompia a manhã.

E não obstante impregnado desta grandeza contagiante, Hélio Pellegrino não era um "grande homem". Era o homem comum, cujo esboço biográfico Moacir Werneck de Castro nos deu em magnífico artigo. E na simplicidade peregrina residia sua extraordinária grandeza. Dedicado à família, à profissão, aos amigos, à literatura e ao partido político de sua eleição, partia para o combate sem tréguas, o bom combate pela salvação do homem no resgate da sua dignidade. Com a palavra instrumento de trabalho na praça pública e a capacidade de ouvir e entender no consultório, ele se construía a cada dia como ser humano íntegro, e nos convocava para a integridade, na brandura de conversas intermináveis a varar a noite, ou com sagrada ira, a vergastar todos os tipos de vendilhões do templo.

Hélio Pellegrino renunciou à "grandeza", à pompa do mundo, à glória, para manter-se fiel a si mesmo, ao destino construído com as próprias mãos, à sua vocação humanista. E é nesse momento de decisão, formado por cada instante em que se vive a verdade – ou até mesmo a mentira, dependendo de cada um – que o homem se ergue e, no caso de Hélio, transmite a mensagem clara, sem enigmas: a mudança é tarefa nossa, e não dos grandes homens.

As candentes verdades plenas de fogo sagrado em cada frase transformavam esse homem no paladino das melhores causas, no mobilizador de consciências e agente transformador de cada um de nós. E nos sentíamos melhores, mais capazes e mais fortes, a cada leitura da prosa abrasadora de seus artigos.

A morte foi derrotada, disse Leonardo Boff. Hélio é hoje, na profecia do seu nome, um clarão a espraiar-se sobre nós. Ele nos deixa a força do seu espírito indômito, insubmisso, e o seu sonho.

Hélio Pellegrino sonhou com um país menos cruel e mais justo. Não sonhou, apenas; lutou por ele, com toda a capacidade do seu ser. Ele desaparece, mas ficam entre nós o seu exemplo, a marca do seu coração, a sua luz.

Imprensa e Democracia

"Se tivesse que decidir se devemos ter um governo sem jornais ou jornais sem um governo, não vacilaria um momento em preferir a segunda alternativa." Esta afirmação de Thomas Jefferson define o espírito liberal de um dos pais fundadores da República americana. Para ele a liberdade, e no específico a liberdade de imprensa, era o bem supremo, e o governo, quase sinônimo de tirania. Tirania conhecida pelos colonos americanos sob as loucuras do rei Jorge III, estudadas por Barbara Tuchman em *A marcha da insensatez*, e talvez daí o exagerado horror de Jefferson aos governos, embora tenha sido presidente dos EUA.

Em 1920, no texto "A imprensa e o dever da verdade" Rui Barbosa afirmou: "A imprensa é a vista da nação. Por ela é que a nação acompanha o que lhe passa ao perto e ao longe, enxerga o que lhe malfazem, devassa o que lhe ocultam e tramam, colhe o que lhe sonegam, ou roubam, percebe onde a alvejam, ou nodoam, mede o que lhe cerceiam, ou destroem, vela pelo que lhe interessa, e se acautela do que a ameaça."

É bom e saudável para a democracia que imprensa e governo permaneçam em campos bem delimitados. Jornalistas têm o dever de investigar, esclarecer e publicar tudo o que merece ser publicado, na famosa definição do *The New York Times*. E o governo o de administrar com competência e honestidade a coisa pública. Sabemos de cor, isso pouco acontece na área do governo, e nem sempre na dos jornalistas. Se estou sendo jeffersoniano demais que me desculpem os administradores para os quais a política, segundo Aristóteles, é a arte, a ciência e a virtude do bem comum.

No correr da história a imprensa tem demonstrado, à saciedade, a sua importância na democracia brasileira. Ninguém é perfeito, mas, ao fim e ao cabo, apesar dos erros e exageros, a imprensa, no seu conjunto, presta inestimáveis serviços ao país. No entanto, seria bom lembrar: se o governo erra – e como erra, e em todos os níveis! – por ação ou omissão, por corrupção ativa ou passiva, nós também, do lado de cá, cometemos os nossos erros.

Para fazer jus às palavras de Rui, é indispensável colocar a serviço da verdade toda a capacidade de trabalho, honestidade e talento de cada jornalista. A persistência em procurar a notícia sem preconceitos, sem prejulgar os fatos, mantendo-se atento para não se tornar um instrumento da fonte, mas sem querer bancar o júri, o juiz e o carrasco ao mesmo tempo. Uma boa dose de humildade e um pouco mais de conhecimento do nosso idioma não fariam mal aos jornalistas e aos jornais de hoje. Lembrando novamente Jefferson: "Eu acredito muito na sorte; quanto mais trabalho, mais sorte tenho."

Essas ideias sobre jornalismo vieram a propósito da peça *Night and day*, do dramaturgo inglês Tom Stoppard, sobre problemas do jornalismo e sem qualquer referência à música de Cole Porter. Em certa altura da trama alguém afirma: "Eu sou a favor da liberdade de imprensa – mas não tolero os jornais." Assim fala a personagem – na montagem londrina interpretada por Diana Rigg –, assim pensa Stoppard, antigo jornalista, e assim pensa muita gente boa.

Convido jornalistas e leitores a uma reflexão sobre este assunto e os deixo com uma visão pessimista de Eça de Queirós sobre o jornalismo: "O jornal exerce hoje todas as funções do defunto Satanás, de quem herdou a ubiquidade; e é não só o pai da mentira, mas o pai da discórdia."

Nosso trabalho de sempre é desmentir o velho Eça, até porque, ao que se saiba, Satanás ainda não morreu.

Jornal do Commercio, 18 de março de 2002.

Macacos não me mordam

Já contei alhures a história dos simpáticos micos habitantes da encosta de Santa Teresa, depois da rua Almirante Alexandrino, visitantes das terras baixas do Cosme Velho, a procurar frutos no sapotizeiro do terreno do nosso vizinho. Vez por outra se balançam pelos pés e rabos na murta da nossa casa e ontem um deles, com ar de mais velho do bando, chegou até a varanda. Não sou Lord Greystoke, o pai do Tarzã, cuja cabana foi invadida pelos gorilas, mas prefiro ver os micos de longe, nos galhos do sapotizeiro. No entanto, o visitante daquela manhã mostrou-se amável, e, ao entrar, colocou-se ao meu lado e comentou as notícias dos jornais nas minhas mãos. Confesso que diante das coisas espantosas acontecidas nos últimos tempos, aceitei com naturalidade o fato do macaco ler jornal e comentar as notícias.

– Veja o senhor, doutor – e pelo começo da conversa percebi tratar-se de um mico bem-educado –, como pode alguém viver tranquilo nesse estado onde o secretário de Segurança briga com o chefe de Polícia? Nem sei como os senhores aguentam! Eles não são pagos para defender a população? Se brigam, os bandidos aproveitam. Lá no mato, quando o tiroteio começa, todo mundo procura abrigo e eu penso: isto é coisa dos humanos selvagens.

Concordei plenamente com o meu visitante.

– Meu caro mico, o ser humano é muito estranho. Briga por qualquer coisa. E quando se arma, então, o melhor é sair de baixo, isto é, no seu caso, pular para o galho mais alto.

O sábio mico balançou a cabeça:

— É o que eu faço, doutor, é o que eu faço. Mas veja esta notícia aí no seu jornal, sobre a destruição de museus e peças históricas no Iraque! Que barbaridade! Tropas americanas e iraquianos quebrando tudo! Que horror!

Percebi que meu interlocutor também era versado em política internacional e quiçá em arqueologia.

— É mesmo — concordei. Agiram tal e qual macacos em loja de cristais — comentei, e logo me arrependi, cometera uma gafe, pois eu estava conversando com um perfeito cavalheiro da espécie dos símios.

Ele fez que não ouviu, talvez para imitar a boa educação de altos escalões do governo sempre de ouvidos moucos quando se fala em corrupção e, para dar um tom mais ameno à conversa, tentou justificar as besteiras e a estupidez da raça humana:

— Meu senhor, esta confusão toda não é culpa dos homens de hoje. Desde que o mundo é mundo os humanos vêm se matando uns aos outros e ainda sobra para nós, pobres animais, em vésperas de extinção, veja o caso dos meus primos, os pobres micos-leão hoje quase dizimados...

Não encontrei resposta para tanta sabedoria vinda de uma espécie que, segundo Darwin, tem alguma relação com os nossos ancestrais. Diante da minha constrangida mudez, o mico apresentou seus respeitos e despediu-se; do sapotizeiro, sua senhora, com uma cria nas costas, o chamava.

— Até mais ver, doutor — e pulou para a árvore.

E eu fiquei pensando na triste condição humana neste início do século XXI. Tinha toda razão quem definiu os radicais de todas colorações: não aprendem nada e não esquecem nada. Isto parece valer para toda a espécie. Macacos não me mordam!, disse para mim mesmo. Preciso conversar mais com aquele mico.

Mudanças

Mudou o Natal ou mudei eu? A pergunta machadiana ecoa em nossos ouvidos vinda do século XIX, plena de indagação existencial, de dúvida sobre a passagem do tempo e da sua relação com a trajetória da vida. Acontece que estamos todos em mudança permanente, nós, o Natal e também Machado de Assis: a cada leitura encontramos nele um novo autor, a cada página relida surge algo a modificar o nosso entendimento sobre o que o Bruxo queria dizer com sua prosa plena de claros enigmas.

Mudamos. A ruga ontem ausente e hoje a marcar a nossa face nos transforma em pessoa diferente, já não vemos o mundo com tanta complacência e a velhice nos ameaça com ar feroz. Seres frágeis, dependemos de nós, já dizia Sartre, e estava certo, mas também vagamos neste mundo sujeitos à circunstância orteguiana. E se hoje somos assim, o amanhã já nos encontra no passado. Basta um rio passar na nossa vida e o nosso coração se deixa levar, como ensinam Hermínio Bello de Carvalho e Paulinho da Viola.

Mudar faz parte da nossa natureza. Mas que torrente de água passou pela vida do presidente Lula para que ele mudasse tanto? – pergunta a senadora Heloísa Helena. O presidente responde que não mudou. "A vida é que muda." E citou o casamento. "Se sua mulher não gosta dos seus amigos, você acaba não vendo eles." O casamento, no caso, é a tal circunstância de que falava Ortega y Gasset. Eu sou eu e a minha circunstância, ensinava o filósofo espanhol. Eu sou eu e o meu casamento, parece dizer o presidente.

A simplicidade da explicação certamente vai calar fundo no coração dos brasileiros que preferem a tranquila e apascentada vida doméstica a sair com amigos que adoram um pôquer, ir ao Maracanã, beber cerveja no botequim e estar sempre presente naquele almoço sem volta da sexta-feira. Mas a metáfora familiar talvez não agrade aos que acham que o presidente mudou. Não foi a vida não, dizem eles. A vida segue, já dizia o João Saldanha. E só.

Jornal do Commercio, 29 de maio de 2003.

Mário Pedrosa

O grande acervo documental do crítico de arte, ativista político e pensador Mário Pedrosa, constituído de sua biblioteca e de seu arquivo pessoal, organizado e em condições de ser consultado, será entregue hoje à Biblioteca Nacional por sua filha, a embaixadora Vera Pedrosa.

Homem de extraordinário encanto pessoal, com um perfil de aventureiro que em várias ocasiões, da juventude até os 70 anos, passou por situações críticas e até risco de vida, Mário foi antes de tudo um estudioso incansável de filosofia, economia, estética e política – sempre com a bússola dos estudos indicando a direção do Brasil.

Manteve intensa militância política a partir de 1926, quando ingressou no PCB e foi para a Escola Leninista de Moscou. Passou um tempo em Berlim e quando voltou ao Brasil integrou a corrente trotskista. Um dos fundadores do Partido Operário Leninista, em 1936, com a instalação do Estado Novo, em 1937, se exilou em Paris. Participou da organização da IV Internacional e tornou-se membro do seu comitê executivo. As peripécias pelas quais passou nessa época dariam um romance. Em 1941, volta clandestino ao Brasil, é preso novamente e solto sob a condição de deixar o país. Segue para os EUA, onde trabalhou na União Pan-Americana.

O ativismo político não o impediu de escrever sobre estética e influenciar jovens artistas como Ivan Serpa e críticos de arte como Ferreira Gullar. Sua trajetória na área das artes visuais é bem conhecida; neste espaço não há como descrevê-la. Mas sua importância pode ser avaliada quando, em 1970, sob acusação de difamação do regime militar no exterior, ao denunciar a existência de práticas de tortura a presos políticos, procurou asilo no Chile.

Ao se tornar público seu pedido de asilo, o *The New York Times Review of Books* publicou carta aberta, assinada por dezenas de artistas, entre os quais Picasso, Calder, Henry Moore e Max Bill, responsabilizando o governo brasileiro por sua integridade física.

Com a abertura política, voltou ao Brasil e prosseguiu em sua atividade de pensador e crítico de arte. Sua cultura nos deixou um legado importante para entender o Brasil.

Jornal do Commercio, 8 de abril de 2003.

Nabuco, Renan e a eutrapelia

No ano de 1873, em sua primeira viagem a Paris, Joaquim Nabuco conseguiu ser recebido por Ernest Renan. Desta visita, relatada em *Minha formação*, ficou no jovem Nabuco "uma impressão de encantamento; imagine-se um espetáculo incomparável, de que fosse o espectador único, eis aí a impressão". E mais adiante: "não saí só fascinado, saí reconhecido. Renan deu-me cartas para Taine, Scherer, Littré, Laboulage, Charles Edmond e este devia apresentar-me a George Sand, Barthélemy, Saint Hilaire, por intermédio de quem eu conheceria *monsieur* Thiers. As nossas relações tornaram-se desde o primeiro momento afetuosas, e, naturalmente, quando imprimi o meu *Amour et Dieu* mandei-lhe um dos primeiros exemplares."

Ao responder aquele ato de gentileza, Renan enviou para o jovem poeta brasileiro a seguinte carta:

"Caro senhor, demorei-me mais do que deveria para vos dizer tudo o que penso de vossos excelentes versos. Gostaria de relê-los e também esperava uma sexta-feira encontrar-vos em Paris. Sim, vós sois verdadeiramente poeta. Tendes a harmonia, o sentimento profundo, a facilidade cheia de graça. Se quiserdes vir depois de amanhã, segunda-feira, por volta de três ou quatro horas, à rua Vanneau, com certeza podereis encontrar-me; então conversaremos. Estou pronto a fazer tudo o que for possível em relação à *Revue* (*Revista dos Dois Mundos*, nota do cronista) e ao *Débats*. Infelizmente estas publicações estão há muito tempo separadas da poesia. São versos como os vossos que poderiam reconciliá-las. Acredite nos meus sentimentos mais afetuosos e devotados, E. Renan."

A alegria de Nabuco diante de tais palavras só não foi maior que a decepção, ao ler, mais tarde, o seguinte trecho de Renan, em seu livro *Souvenir d'Enfance et de Jeunesse*: "Desde 1851 acredito não ter praticado uma só mentira, exceto, naturalmente, as mentiras alegres de pura eutrapelia, as mentiras oficiosas e de polidez, que todos casuístas permitem, e também os pequenos subterfúgios literários exigidos, em vista de uma verdade superior, pelas necessidades de uma frase bem equilibrada ou para evitar um mal maior, como o de apunhalar um autor. Um poeta, por exemplo, nos apresenta os seus versos. É preciso dizer que são admiráveis, porque sem isso seria dizer que eles não têm valor e fazer uma injúria mortal a um homem que teve a intenção de nos fazer uma civilidade."

Nabuco cita o trecho e responde: "A meu respeito, se uma vaga lembrança dos meus versos lhe ocorreu tanto depois ao escrever essa graciosa ironia, o grande escritor enganou-se em um ponto. Ele não me teria apunhalado dizendo que os meus versos não valiam nada, em vez de dizer-me que eram admiráveis." E mais adiante: "Contei esse episódio para acautelar o talento que se estreia contra a perigosa sedução da eutrapelia literária. Conheço entre nós um mestre dessa arte do espírito, Machado de Assis, mas este, espero, não fará confissões."

Fica, portanto, a advertência para os autores jovens, sobre a "perigosa sedução da eutrapelia literária". No trecho de Renan, Nabuco encontrou a palavra *eutrapélie*, maneira inofensiva de fazer brincadeiras e a traduziu corretamente, mas, pelo que se nota, com algum desgosto. Segundo o dicionário Houaiss, "eutrapelia" está no idioma português desde 1669 e significa maneira de gracejar sem ofender, zombaria inocente. Vem do grego *eutrápelos*, que gira facilmente, e daí ágil, alegre, jovem de espírito. Horácio criou o personagem Eutrapel, sempre pronto a entreter os amigos em aventuras inoportunas.

Antes de abrir livro enviado por autor jovem ou veterano, Carlos Drummond de Andrade respondia com gentil cartão de agradecimento. Se depois da leitura o texto não lhe agradasse, estava dispensado de maiores comentários, naquela base do "não tenho palavras...". Drummond não gostava de eutrapelias, ao contrário de Machado, segundo nos informa Nabuco. Sempre gentil e atencioso com quem o procurava, o bruxo do Cosme Velho estimulava mesmo aqueles sem manifesta vocação literária. E em certos casos, com eutrapelia ou sem ela, um ou dois dos protegidos do velho bruxo ingressaram nos quadros da Academia Brasileira de Letras.

Jornal do Commercio, 25 de novembro de 2002.

Não é nada

Ricardo Fortuna, o notável desenhista e humorista mineiro conhecido pelo sobrenome Fortuna (que de início se imaginava fosse um pseudônimo), publicou seus primeiros desenhos na revista *Sesinho,* que Vicente Guimarães, tio de Guimarães Rosa, dirigia para o Sesi, no fim dos anos 1950, distribuída entre os filhos dos trabalhadores da indústria. Vicente Guimarães tentou, com seu *Sesinho,* enfrentar a invasão dos gibis americanos, mas em vão.

Colaborador assíduo do *Pasquim*, Fortuna criou frases espirituosas, irônicas e sarcásticas sobre a realidade brasileira. De uma delas Millôr Fernandes gostava muito:

– O salário mínimo, não é nada, não é nada... não é nada mesmo...

Querido Fortuna: onde quer que você esteja hoje, saiba que não é nada, não é nada, o salário mínimo continua sendo... nada mesmo. O Brasil permanece sendo um país pobre, embora um ministro de Estado possa comprar um Porsche por US$ 300 mil. E o Orçamento da República encontra-se em tal estado de penúria que não aguenta um aumento que vá além de 5,685%.

A pobreza é geral, Fortuna. Daqui a pouco, por não ter pão, os pobres vão ter que comer brioches. Já se passaram seis anos do governo de FHC, mas aquele salário mínimo de 100 dólares, prometido em campanha, hoje não chega aos 60. É uma miséria.

Mas mais da metade do Orçamento federal é dinheiro reservado para pagar os juros das dívidas interna e externa e, se a taxa Selic não estiver lá nas alturas, ninguém compra os nossos títulos. E aí, meu caro Fortuna, a estabilidade monetária, indispensável para manter o país em ordem e o salário mínimo lá embaixo, vai para a cucuia. Sem juros altos, virá o caos.

Você pode não acreditar, Fortuna, mas tem empresário e até diretor da Fiesp defendendo o reajuste do salário mínimo, em maio próximo, para 100 dólares. Para eles, dinheiro a mais no bolso do trabalhador, o mercado melhora, eles vendem mais, e assim a arrecadação de impostos também aumenta. Faz sentido.

Mas o governo discorda. Não há recursos no Orçamento e, se aumentar um pouco mais do que o proposto, a demanda cresce e a inflação pode voltar. E o governo só consegue segurar a inflação com juros altos e salários praticamente congelados, sacou? Eles não têm outra fórmula.

Felizmente, Fortuna, estamos numa democracia. Meio manca, mas vá lá: democracia. E a política, às vezes, tem razões que a economia desconhece. Políticos sedentos de votos garantem que vão encontrar uma fórmula para que o Orçamento da União absorva o reajuste. Nada como uma boa campanha eleitoral para mobilizar os candidatos em defesa do povo. Infelizmente, neste país injusto em que os 10% mais ricos continuam absorvendo 50% da renda nacional, mesmo salário mínimo de 100 dólares, não é nada, não é nada, não é nada mesmo. Você continua certo, certíssimo.

Jornal do Commercio, 21 de outubro de 2000.

O atirador belga

O atirador belga é um homem tranquilo e reside em agradável casa de campo, nos arredores de Bruxelas. Lá, ele cuida do seu jardim, lê os clássicos e à noite ouve música de concerto antes de dormir. Trata-se de homem simples, pacato, de gosto refinado. Seu tempo todo é dedicado ao lazer, mas, três ou quatro vezes por ano, o atirador belga é contratado por pessoas que ele não conhece, por intermédio de um contato de extrema confiança, para executar serviços nas mais variadas regiões do mundo.

Ele viaja como turista e, ao chegar ao local do serviço, seja em Bangladesh ou no Wisconsin, nos Estados Unidos, é contatado pelo pessoal local e recebe não só instruções detalhadas sobre a missão, mas também a arma por ele exigida. Um fuzil desmontável com mira telescópica, que pode ser levado numa pasta de executivo. Identificado o alvo, ele se organiza para a ação e a vítima raramente escapa. Terminado o serviço, o atirador belga se livra da arma e embarca no primeiro voo para a Europa. Em pouco tempo está de volta ao seu jardim, seus clássicos e sua música. À sua tranquilidade, enfim.

O atirador belga é profissional no pior (ou melhor?) sentido da palavra. Não tem a menor ideia de quem matou e nem lhe interessa saber. Pode ser um estadista, um magnata ou um amante que marido ciumento e milionário quis eliminar. Seu pagamento é feito em francos suíços depositados antecipadamente num banco da Basileia. Como se trata de profissional de extrema confiança, quando é contratado, ninguém ousa discutir o pagamento antes do serviço feito. Sua folha de serviços é irrepreensível. O atirador belga nunca falha.

Mas, nos últimos dias, segundo informações seguras, o atirador belga entrou em depressão. As notícias de Washington sobre o atirador americano abalaram-no. "Trata-se de um amador maluco", pensou ele, preocupado com os prejuízos que o assassino em massa, ou um *serial killer* pode causar à sua atividade. "Matar assim, sem causa, desmoraliza a profissão do atirador", argumenta ele com seus rifles, isto é, com seus botões. Depois dessa matança selvagem, enojado e revoltado, o atirador belga está pensando em aposentar-se. Para um profissional, a concorrência de amadores ou lunáticos é extremamente desanimadora. A oferta cresce e o mercado desvaloriza a competência dos especialistas.

Quanto ao Brasil, nem pensar. Aqui a concorrência já é enorme, tanto de amadores quanto de profissionais. E o mercado, apesar da valorização do real, paga muito mal.

Jornal do Commercio, 26 de outubro de 2002.

O colecionador de palavras

Em todo e qualquer tempo histórico, em todas as latitudes e longitudes, o vencedor sempre impôs seu idioma aos vencidos. O grego no tempo de Alexandre, o latim, no Império Romano, o francês no século XVI e o inglês quando a Marinha inglesa tornou-se a dona dos mares.

Há duzentos anos língua dominante, o inglês seria hoje o idioma mais assimilado – ou o maior invasor – das línguas modernas. Certo? Errado. Quem mais influencia os outros idiomas ainda é o francês, outrora absoluto como língua universal. Para surpresa dos anglófilos, o inglês fica em segundo. Esta é a primeira, mas não a mais importante, informação do precioso livro do embaixador e acadêmico Sérgio Corrêa da Costa, *Palavras sem fronteiras*, que a editora Record acaba de lançar.

Diplomata de carreira que ocupou os mais altos cargos no Itamaraty, nas suas andanças internacionais, em contato com vários idiomas, resolveu fazer sua pesquisa, que agradou muito aos franceses: o idioma de Molière, Corneille e Racine ainda é o mais presente em outros falares e suas palavras utilizadas com frequência, não só na linguagem diária, mas também em jornais e livros.

Com paciência de um chinês, Sérgio colecionou 16 mil verbetes, originários de 46 línguas, utilizando como fonte não apenas obras literárias, mas principalmente a imprensa internacional, mais de uma centena de jornais e revistas de 15 países e escritos em oito diferentes idiomas. E sua pesquisa demonstrou a predominância do francês.

As línguas estão sempre em processo de mudança. Sérgio cita o linguista inglês Wilfred Punk, que qualificou seu próprio idioma como uma babel de estranhas palavras e concluiu que apenas uma de cada cinquenta seria originária da ilha que hoje se chama Inglaterra. O fato de a ocupação latina ter precedido a das tribos saxônicas, a seguir dominadas pelos normandos, explica a origem latina de sessenta por cento do vocabulário inglês.

Como ressaltou o acadêmico francês Maurice Drouon no prefácio, Sérgio Corrêa da Costa se compraz em sublinhar que se há uma língua no mundo que se pode dar ao luxo de não ter complexos em face das palavras de outras línguas, seria o francês. As palavras francesas, segundo o autor, circulam tão livremente por cima das barreiras linguísticas e exprimem, no mais das vezes, um sentimento, um estado de espírito, uma disposição, uma crítica, uma irritação, uma suspeita, uma ironia – portanto abstrações. Em contrapartida, o inglês teria mais apurado dom de definir, preto no branco, um objeto, uma situação, um instrumento, um produto.

Jornal do Commercio, 28 de agosto de 2000.

O delírio e Lula

No célebre delírio de Brás Cubas, Machado de Assis descreve uma cavalgada pelo tempo, em que o defunto autor desembesta pelos séculos montado num hipopótamo falante. Vítima de forte gripe, também tive o meu delírio; graças ao dr. Kovach fiquei bom, mas vou contá-lo, dizendo logo que não era eu, o delirante, quem cavalgava o hipopótamo, mas o Lula.

Com a cabeça estalando, a garganta inflamada e uma tosse seca daquelas que quando começa não para mais, bastava fechar os olhos para ver o Lula em cima do animal. Em volta dele estavam o José Dirceu sorrindo um sorriso de Gioconda; o Palocci, que lembrava um D. Quixote desenhado pelo Picasso, e o Gushiken, às vezes com o rosto do vilão Fu Man Chu e outras igualzinho ao detetive Charlie Chan.

Os três parados, estáticos, enquanto o hipopótamo montado pelo Lula "cavalgava" como se fosse um desses cavalinhos de parque de diversões, isto é, não avançava em busca da origem dos séculos, como a animália de Brás Cubas, mas sim rodava no mesmo lugar, preso a uma haste que o ligava a uma grande roda.

Desculpe o leitor se o aborreço com delírio vago e sem sentido. Mas há algum sentido em um delírio, mesmo o narrado por Machado? O próprio Brás Cubas, se bem me lembro, afirma que o delírio está na casa da Sandice e é preciso expulsá-lo para dar lugar à Razão.

Não tive forças para apelar à Razão e a Sandice manteve seu domínio. Delírio longo, não tenho espaço para contá-lo aqui, só me lembro que gritava para o Lula que pulasse do animal, a pé ele iria muito mais rápido, aonde quer que quisesse chegar. Mas o homem não ouvia e a plataforma continuava a rodar.

Não sei se naquele ponto o delírio estava sob o regime da Sandice ou o da Razão, o leitor decida.

Jornal do Commercio, 4 de dezembro de 2002.

O dia de Lygia

No meu tempo de criança, em São Paulo, dia 19 de abril, data do aniversário de Getúlio Vargas, era feriado escolar, assim como em todo o país. Laura, minha mulher, nascida naquele mesmo dia, no Rio de Janeiro, durante sua infância imaginava uma folga permitida pela família para festejar o seu dia. A ilusão infantil desfez-se ao saber a verdadeira razão do feriado; nada a ver com o seu aniversário, mas sim o do ditador, homenagem instituída pelos puxa-sacos de plantão.

Antes do seu nascimento, seu pai, Austregésilo de Athayde, ao ser informado do nascimento do bebê no mês de abril, torceu para que não viesse à luz nem no dia 19, aniversário de Vargas, nem no dia 20, data natalícia de Adolf Hitler. Adversário de Vargas, se conseguia burlar a censura, escrevia contra o Estado Novo. Hitler era seu freguês; Athayde foi o primeiro jornalista brasileiro a escrever contra o nazifascismo, antes da suástica tomar conta da Europa.

Mas a filha nasceu no dia 19 e até a queda de Vargas, em outubro de 1945, a data continuou sendo feriado escolar. Mais tarde, o 19 de abril foi escolhido como o Dia do Índio e nas escolas uma série de atividades lembrava a importância do índio na formação do Brasil. Hoje, ninguém mais se lembra do índio brasileiro, pelo contrário, querem mesmo é acabar com o que resta deles.

Quanto a Vargas, o ex-presidente Fernando Henrique Cardoso disse um dia que se extinguira a sua era, como se fosse possível apagar da história dezenove anos de governo do homem que foi presidente provisório, presidente eleito pela Assembleia de 1934, ditador, presidente eleito, e um dos poucos estadistas do Brasil do século XX.

À maneira de Nelson Rodrigues, deixei para o fim o que gostaria de dizer no princípio. Já celebramos Vargas, o índio e até o Exército. Sabiam que o 19 de abril é também o dia do Exército? Pois é. Agora vamos fazer do dia 19 de abril um dia especial, o dia de Lygia Fagundes Telles. Neste último sábado de aleluia ela completou seus primeiros 80 anos de vida.

Lygia é muito mais do que uma grande escritora. Trata-se de um emblema nacional, figura símbolo da arte de escrever, cultuada e amada por todos. Apesar dos problemas, das injustiças e de toda a infelicidade da maior parte da população, o Brasil tem um consolo: Lygia existe, está conosco, e conosco permanecerá, por muitos e muitos anos. Viva Lygia!

Jornal do Commercio, 19 de abril de 2003.

O encontro marcado

No passado distante, meados do século XX, encantado com a leitura do romance *O encontro marcado*, escrito por um mineiro já residente no Rio, procurei conhecê-lo. Fui recebido com atenção e a seguir com amizade. Amigo de Fernando Sabino, em breve seria também do Otto Lara Resende, do Hélio Pellegrino, do Paulo Mendes Campos, do Autran Dourado, do Wilson Figueiredo, do Octávio Mello Alvarenga e de tantos outros mineiros que enriqueceram – e enriquecem – a vida cultural do Rio de Janeiro, sem esquecer as profundas raízes mineiras.

O encontro marcado não era o primeiro livro de Fernando. Em 1941, aos 17 anos, ele publicara *Os grilos não cantam mais*, volume de contos, em 1944 a novela *A marca*. Seguiram-se *A cidade vazia*, de 1950, livro de crônicas, e *A vida real*, novela, de 1952. Cito esses títulos para lembrar que Fernando se iniciou nessa lavoura literária há 63 anos e hoje conta com bagagem de dezenas de livros todos com muitas edições.

Ao escrever o seu primeiro romance, Fernando não imaginava estar marcando encontros com várias gerações de leitores, que se sucederam em mais de meio século. E a história de Eduardo Marciano, o moço mineiro de início deslocado, mas a seguir integrado na vida cosmopolita da então capital do país, perdura, nas reedições a cada ano, hoje contadas na casa da centena. Nos últimos tempos, Fernando andava meio sumido, enfurnado no seu apartamento da rua Canning. Tal e qual outros escritores, a exemplo de Rubem Fonseca e do saudoso Fausto Cunha, procurou o isolamento e passou a evitar o ruído do mundo, para dedicar-se à sua obra, que segue como um *work in progress*.

Mas ninguém completa 80 anos impunemente. Na última quinta-feira, os amigos o intimaram a comparecer ao Cotton Club, onde o conjunto All that jazz, especialista na música de Nova Orleans, apresentou uma sessão em sua homenagem com o puro *dixieland,* no estilo de Jelly Roll Morton, Scott Joplin ou de Louis Armstrong.

Fernando compareceu, divertiu-se, divertiu os amigos e ainda deu uma canja, na bateria. Claro, ele não é um Gene Krupa. Mas sua batida firme, sincopada e com o suingue da improvisação, revela a alma do jazz. Um garoto de 80 anos em plena forma, musical e literária. Salve, Fernando!

Jornal do Commercio, 28 de junho de 2003.

O futuro no passado

O sol está derretendo o asfalto e o calor leva as pessoas à loucura. A cidade transformou-se num grande forno. Tenho o privilégio de morar numa casa ventilada e fresca, bem perto da floresta, jamais apresentada a um aparelho de ar-refrigerado. As árvores em redor da casa são tantas que, certo dia alguns micos, cuja família na escala zoológica ignoro qual seja, vieram procurar os sapotis maduros. Era um bando enorme, pelo menos uns dez, e o gato da casa ficou vidrado, observando, atônito, a algaravia de camundongos de rabo longo naquela zorra lá no alto.

A volta dos micos foi saudada com alegria. Eles passaram algum tempo ausentes: há uns anos, vinham em busca das bananas de três bananeiras do nosso quintal. Certa manhã, para defender um cacho de frutas ainda verdes, armei-me de uma vassoura e, tal como Lord Greystoke (o pai do futuro Tarzan) se defendia dos gorilas no seu refúgio na África, no Rio de Janeiro, a minutos do Centro, envolvi-me numa inglória batalha para espantar os micos invasores. Consegui salvar meio cacho de bananas, mas eles deram às de vila-diogo por uns tempos. Perceberam, coitados, que as bananas tinham dono. Voltaram agora, para alegria de todos, a procurar sapotis, de árvores dos nossos vizinhos.

Agora também é tempo de manga – já colhemos uma, saborosa e carnuda – e dos abacates, que começam a cair, por enquanto bem pequenos; daqui a semanas virão os grandes. E dos maracujás, cuja planta às vezes se enrola no abacateiro e a gente não sabe que fruta a árvore vai dar. Mas, quando amadurecem, vêm em abundância.

Na condição de urbanoide irrecuperável, tudo isso para mim é uma aventura. Não é o caso do meu irmão, empresário da área petroquímica e pesquisador da música popular brasileira (agora estuda grego e filosofia), que encontrou tempo para dedicar-se à agricultura de fim de semana, talvez para retomar a tradição de nossos avós, maternos e paternos, ambos agricultores. Na passagem do ano, no seu sítio em Javari, nos presenteou com meio quilo de café plantado, colhido, torrado e moído por ele – um café de primeira, espero que não fique na amostra. Meu outro irmão, economista, autor de vários dicionários sobre a sua especialidade, também dado a experiências agrícolas nos fins de semana em seu sítio perto de São Paulo, planta, colhe, torra e mói o café, e garante: é de primeiríssima. Assim recebo café dos dois lados, estimulo a concorrência entre os dois, elogiando ora um, ora o outro mas, admito, nos últimos tempos as remessas vêm escasseando.

Então, do meu lado, embora não tenha um cafezal, vou me adaptando a esta agricultura de quintal. Durante o século XVIII, na região onde hoje é o Cosme Velho, as fazendas abasteciam a cidade que se espraiava em torno do morro do Castelo. O vale produzia boas laranjas, na parte de baixo, e os laranjais deram o nome ao bairro. Mais ao alto, chamavam-no Águas Férreas devido às fontes naturais que desciam pelas encostas do morro do Corcovado, com águas consideradas boas para a saúde. A rainha D. Maria, a Louca, a conselho médico vinha tomar das águas férreas na fonte conhecida pelo nome de Bica da Rainha, acompanhada das damas de sua corte. Ao vê-las passar os cariocas apontavam "Olhem lá: Maria vai com as outras", e tornou-se bordão popular. Hoje a fonte secou e para manter seu entorno construído no tempo joanino, está gradeada. Dela só resta uma placa, a lembrar a visitação real.

A urbanização acabou com as plantações e as águas minerais, mas permaneceram os resíduos vegetais: as bananeiras, as mangueiras, os sapotizeiros e uma ou outra caramboleira. E as borboletas azuis em voo erótico, citadas por Machado de Assis, em crônica. Quanto às águas remanescentes, às vezes, quando as chuvas desabam sobre a cidade e arrebentam o asfalto que as mantém no subsolo, o rio Carioca, mantido encanado lá no fundo, reencontra o seu antigo leito, e é possível lembrar sua função de escoador, em pirogas e canoas dos produtos vegetais do vale, nos tempos do Brasil colônia. Hoje as águas das chuvas represadas pelo asfalto inundam o bairro.

Por precaução, e quando os temporais permitem, resolvi tomar providências para voltar à agricultura doméstica. Se o Brasil continuar a vender soja e algodão, o dólar permanecer no patamar em que está (próximo ou igual ao do início do plano real) e a China prosseguir na invasão do nosso mercado (e de outros hermanos) com suas quinquilharias industrializadas, voltaremos a ser um país essencialmente agrícola. Pelo sim, pelo não, reencontro a vocação agrícola dos avós e mesmo sem experiência no ramo já preparei o terreno para uma horta e uma plantação de tomates.

Estou até pensando em pedir que me aceitem como sócio da Sociedade Nacional da Agricultura. Algo me diz com certa insistência: o nosso futuro encontra-se hoje no passado. Iremos todos para a lavoura, atividade arcaica, mas lucrativa.

Jornal do Commercio, 9 de janeiro de 2001.

O homem que não falava javanês

Autor do monólogo *Apareceu a Margarida*, já encenado em vários países, com atrizes do nível de Marília Pera e Annie Girardot, há muito tempo Roberto Athayde é freguês de caderno das praias de Bali.

Em fins de setembro ele foi à França, onde a Girardot remontou a peça de uma forma revolucionária. Além de ver a nova montagem, Roberto desejava convidá-la para vir apresentar-se no Brasil, mas enquanto ela mambembava pelo interior da França, Roberto resolveu fazer sua romaria anual a Bali.

O voo Paris-Jacarta correu bem. Chegou na sexta-feira à noite, mas só conseguiu conexão domingo pela manhã. Irritou-se, queria viajar para Bali no sábado, Jacarta não lhe interessa. Diante do inevitável, passou a noite no hotel lendo e escrevendo, e não ligou a TV. Mais tarde, por telefone, disse que não adiantava. "Não entendo árabe e não falo javanês", ao contrário do que alegava o personagem de Lima Barreto.

No dia seguinte acordou cedo e encontrou o jornal *Jacarta News* debaixo da porta. Assustou-se ao ver a destruição do seu paraíso. Teve um estremecimento e agradeceu aos deuses balineses não ter viajado no sábado. É verdade que, se tivesse ido, não estaria na discoteca, diversão que não faz o seu gênero. Esta certeza acalmou seus parentes e amigos quando surgiram as primeiras notícias do ataque terrorista. Mas, se tivesse viajado, assistir às explosões, numa vila diminuta, com centenas de mortos e feridos, já seria uma parada no inferno.

Inferno levado pela estupidez humana a um santuário de beleza, paz e tranquilidade, a provar que continuamos em marcha batida na senda da insensatez. E nessa senda, qualquer dia uma explosão vai destruir muito mais do que a pequena Bali.

O inferno de García Márquez

Durante almoço oferecido por Candido Mendes ao escritor Carlos Fuentes, o autor de *Aura* contou que numa conversa com Gabriel García Márquez, sugeriu a existência de um lugar ideal, onde só se reunissem escritores. Seria o point dos ficcionistas e narradores em geral, onde eles poderiam conversar, trocar ideias sobre literatura, contar as experiências vividas ao criar suas histórias... e foi descrevendo o que imaginava ser o paraíso dos literatos, quando Gabo o interrompeu:
– Mas, Carlos, este lugar já existe!
– Existe? E onde é?
– É o inferno!

O inferno são os outros, disse Jean Paul Sartre: os outros... escritores, completou Gabo. O poeta Orfeu desceu até lá em busca de sua Eurídice. Lorenzo da Ponte criou para Mozart um *Don Giovanni* amante de todas as mulheres, desafiador da moral e dos bons costumes, assassino e libertino como poucos, que resolveu seguir o gigante de pedra até o inferno. Assim deveriam fazer todos os escritores dignos deste nome – descer aos infernos –, mesmo os que não se dedicam à arte amorosa com o empenho de D. Juan Tenório ou mesmo de um Casanova. É preciso descer ao fundo do poço para só então dizer, com Terêncio, que nada do que é humano – o inferno é uma criação humana – nos é estranho.

Mas, se tal lugar em tese não é estranho para a maioria dos escritores, nem todos são tentados pelo abismo infernal. Mas o gênio dos autores consagrou a *Divina comédia* de Dante, com o poeta seguindo Virgílio pela *selva oscura*, ao Fausto salvo no último momento do inferno, pelo amor de Margarida à *Saison en Enfer*, o inferno da desesperança de Rimbaud, ou ao poeta Orfeu em busca de sua Eurídice.

A versão moderna do inferno aparece no felliniano *Desconstruindo Harry*, de Woody Allen, quando o personagem, escritor em busca de emoções, desce vários andares até as profundezas do reino de Mefisto e a mídia, *et pour cause*, aparece num dos níveis mais baixos. Mas raramente encontramos escritores nos infernos imaginados pelos romancistas; em geral, eles não são residentes, e sim meros visitantes. Pensar num local como quer García Márquez, habitado permanentemente só por escritores, mesmo sem os caldeirões fervendo e os diabinhos com espetos, creio que seria realmente um inferno para eles.

Naquela situação fechada, ao estilo *huis clos* de Sartre com um calor dos diabos, os egos inflados, sensibilidades à flor da pele, incapazes de descobrir um leitor – pois escritor de hoje raramente lê um escritor de hoje – eles estariam sós e mal acompanhados, e sem leitores, o que seria deles? Estariam no inferno.

O escritor Marcos Santarrita gosta de contar aquela história dos dois únicos poetas de uma cidadezinha do interior de um país latino-americano muito mais pobre que o Brasil. Quando um deles quer mostrar seus poemas para o outro, ouve sempre a mesma resposta:

– *Se me lês, te leo.*

Não ser lido, eis o inferno do escritor; e não ser lido tendo apenas escritores à sua volta, a quintessência infernal. E não deveria ser assim. Apesar de forrado de literatura de bons sentimentos, o inferno é o depósito de tudo o que de ruim a humanidade produz, local ideal para a *happy hour* dos escritores. Ou então para pesquisas de campo, onde poderiam colher excelente material para o enredo de suas histórias. Pensando bem, não é isso o que fazem os escritores dos filmes que passam na televisão?

Estou certo de que muitos dos que escrevem os roteiros de tais filmes frequentam o local para trazer na volta histórias que, pelo enredo com assassinatos, roubos, estupros, e que sei mais, e a repetição com que são exibidos trazem o inferno para dentro das casas e nós ainda pagamos para ver.

E quando não pagamos esta TV a cabo a serviço da violência e da estupidez, somos obrigados a ver na outra, a aberta, os anúncios em que a publicidade – onde também abundam os escritores – nos mostra o paraíso do consumo que não está ao alcance de dez por cento dos que, da sua pobreza infernal, estão assistindo. Os anúncios de comida na TV, com garotões e garotonas mastigando com fúria sanduíches enormes, doces deliciosos ou então lambendo sorvetes gigantescos ou ainda bebendo refrigerantes excelentes para a saúde, imagino o inferno que tais visões representam para os que passam fome, ou têm pouca comida em casa.

Estendo-me nesta crônica, sugerida por um diálogo entre Carlos Fuentes e Gabriel García Márquez, abordando assuntos desagradáveis; mas em consideração a eles, é forçoso reconhecer que o tratamento desrespeitoso – mandar o sujeito para o inferno – não é dado pela opinião pública ao esforçado e desvalido escritor pátrio, que, embora esforçado e desvalido, ainda assim é coleguinha de Fuentes e Márquez. A não ser, é claro, por um ou outro escritor que, fugindo à regra dos bons modos – e apenas para si mesmo ou nos círculos íntimos – perde a esportiva, quando um colega recebe aquele prêmio que, é claro, tão somente ele merecia.

O inventor de Ipanema

As coisas mudam, dizia aquele velho mafioso quando mandou um capanga dar uma rajada de metralhadora no amigo de infância. Os bairros também. Ipanema, por exemplo, o espaço boêmio que Jaguar descreve em seu belo livro, na coleção "Cantos do Rio", da editora Relume Dumará, um dia foi (como ele conta) um lugar modorrento, com sobradinhos onde moravam famílias de classe média às vezes escandalizadas com as inocentes reuniões dominicais de intelectuais e artistas que Aníbal Machado promovia em sua casa. Depois virou aquela zorra e hoje...

Tudo começou no início dos anos 1920. Uma empresa imobiliária organizou o loteamento e contratou o escritor e jornalista João do Rio para escrever maravilhas sobre o local. João do Rio precisava da grana. Topou o negócio e Ipanema assim nasceu ligada a um escritor pago para elogiá-la, mas aqui já entramos no perigoso terreno da pesquisa histórica. E a pesquisa, nesse caso, só atrapalha.

A Ipanema de Jaguar surge como um bairro quase imaginário. Tal como Borges, em relação a alguns países inventados, ele pensa que aquele lugar existiu. Mas como a vida é sonho, e os sonhos, sonhos são, Jaguar sonhou esta Ipanema e o livro é bom exatamente por isso. A verdade também se inventa, dizia outro poeta espanhol, e ao escrever sobre o bairro, Jaguar não tem o menor compromisso em contar o que realmente aconteceu, porque ninguém sabe, cada um conta a sua versão da história, e nesse *Rashomon* infinito o importante é a versão imaginada, sempre melhor que a história pesquisada.

O que passou, passou. Não teria o menor sentido pedir o tombamento de Ipanema como Patrimônio da Humanidade pela Unesco porque lá Leila Diniz (ou foi Marília Kranz?) deu o grito de independência da mulher brasileira. Hoje a história é outra. O bairro está voltado para o comércio, com alguns quarteirões tomados pelos seguranças das lojas de joias e hotéis de luxo. Mas você, se viveu aquele tempo, pode dizer como Ingrid Bergman (ou foi Humphrey Bogart?) em Casablanca: nós tivemos Ipanema.

Tivemos, Jaguar? Parece que sim, pelo menos por suas últimas palavras:

"Ipanema é hoje como a Itabira de Drummond: apenas um retrato na parede do novo Jangadeiros que, como no samba de Nelson Sargento, agoniza mas não morre. Mas olha, valeu."

Valeu.

Jornal do Commercio, 27 de novembro de 2000.

O mágico da montanha

Leio na coluna de Arlete Salvador, do *Jornal do Commercio*, referindo-se à primeira viagem de Lula como presidente do Brasil à Europa que, "entre ser aplaudido em Davos e se transformar em um líder capaz de influenciar o mundo vai uma grande distância". É verdade. Mas esta distância não precisa ser percorrida pelo ex-metalúrgico agora. Basta que ele influencie o nosso país, e o mundo então passará a respeitar o Brasil, como todos desejamos.

Lembro-me de uma anedota do tempo em que Michel Roccard era primeiro-ministro da França e Felipe González presidente do Conselho de Ministros da Espanha. Os dois conversavam sobre o futuro da Comunidade Econômica Europeia e Roccard notou o ar contrariado de González. Perguntou por que e o espanhol respondeu entre dentes: "Quero consideração, Michel, quero consideração!"

Na época, a Espanha ainda era tratada como parceira menor, entre os países da Europa às vésperas da unificação comercial. E González se sentia menosprezado pelos sócios mais fortes. Hoje a situação mudou e a Espanha encontra o seu lugar no continente.

Consideração Lula teve, como poucos presidentes brasileiros conseguiram, quando foram à Europa, logo depois da posse. De Campos Salles, que ao negociar o *funding loan* entregou o Brasil à City de Londres, mesmo antes de assumir, a Fernando Henrique Cardoso, nenhum dos presidentes viajantes obteve tanto sucesso quanto Lula. Nem mesmo Collor, com seu ar de Indiana Jones, na expressão do primeiro Bush, causou tanto impacto.

Gostei do discurso de Lula em Davos. Tocou em pontos fundamentais e fez alusão ao livro de Thomas Mann, que certamente jamais leu – o que, de resto, no caso não tem importância – mas algum assessor resolveu incluir no texto, para mostrar que o *ghost writer* sabia das coisas.

E se Lula não leu *A montanha mágica* nem por isso ele deixa de aparecer como o mágico da montanha, tanta simpatia despertou. *Pour vu que cela dure* como dizia a mãe de Napoleão.

Jornal do Commercio, 29 de janeiro de 2003.

O nariz de Michel Temer

O presidente da Câmara dos Deputados queixou-se da imprensa escrita ao repórter Márcio Moreira Alves, afirmando que os jornalistas da área parlamentar dedicaram mais espaço à cirurgia plástica a que submeteu o seu nariz, do que às atividades do Congresso na última semana.

Tem razão o deputado. Afinal, em matéria de narizes, o único a mudar o curso da história teria sido o de Cleópatra *et pour cause*. A operação no de Michel Temer não há de modificar nada, a não ser, é claro, o seu semblante. Semblante nobre e, se me permitem a observação de aprendiz de cinéfilo, é igualzinho ao do ator inglês Peter Cushing, aquele intérprete do cientista dos filmes sobre o Frankenstein.

Por falar em nariz, lembrei-me do de Cyrano, da obra de Edmond Rostand, cuja tradução mais recente para o português é a do poeta Ferreira Gullar. Há todo um solilóquio sobre o seu gigantesco apêndice nasal, no qual afirma que ele, herói narigudo, poderia fazer a piada que quisesse com o próprio nariz, mas trataria na ponta da espada qualquer outra pessoa que ousasse zombar dele.

Não é o caso, é claro, de Michel Temer, parlamentar tranquilo, que jamais cantou como Juca Chaves, "Meu nariz, ai meu nariz", mas certamente viu o filme *O dorminhoco*, de Woody Allen, no qual, no futuro, um atentado estraçalha o corpo de um ditador. A única parte salva pelos seguranças é o nariz do homem e a partir dele os médicos reconstruiriam o seu corpo – se Woody Allen e seus amigos não roubassem aquele naco de carne para impedir a ressurreição do vilão.

Como se vê, podemos divagar sobre o nariz e até mesmo dizer que sem ele não poderíamos sentir um odor estranho, quando o deputado Michel Temer admite o nepotismo na Câmara, até certo ponto. Como, deputado? Então as excelências podem nomear o filho e a filha, mas o cunhado, não? E primo, pode? E a vovozinha?

O serviço público, seja ele no Executivo, no Judiciário ou no Legislativo, não é capitania hereditária. Todos devem submeter-se a concurso público. Querer preencher seus cargos, nos três poderes, de outra maneira, mesmo sendo este nepotismo light, preconizado por Michel Temer, está errado, e não cheira bem.

Jornal do Commercio, 5 de fevereiro de 2000.

O purgatório do leitor

O inferno do glutão é a churrascaria tipo rodízio, com variedade e quantidade de alimentos, desde a maminha de alcatra e a picanha, ao sushi, à polenta e às ostras. O glutão não se envergonha de entrar num desses templos da comilança, mesmo sabendo que tanta gente passa fome no Brasil. Ele come o que pode, mas em certo momento, saciado, entrega os pontos. Cercado por comida, não consegue ingerir mais nada e vive seu inferno particular, até que a digestão se complete.

Eu não diria o inferno, mas vamos lá, o purgatório do leitor é a livraria bem-equipada, como a Leonardo da Vinci, de D. Vanna. Quando você entra, vê-se cercado de tantos livros interessantes que gostaria de comprar todos. Mas você sabe que se levar meia dúzia deles, não terá tempo para lê-los. Os momentos ali passados são um paraíso, na definição de Houaiss: *in angello cum libello* (no cantinho com seu livrinho). Mas a impossibilidade de ler todos, de ter todos ou até mesmo de tão somente manusear todos –, sim, eis aí o purgatório do leitor.

A Leonardo da Vinci está fazendo cinquenta anos. Em entrevista à *Veja Rio*, D. Vanna, a proprietária, disse que ao abrir a livraria anunciava no *Jornal do Commercio*. Parece que sua escolha foi acertada: "Graças a anúncios no *Jornal do Commercio* a nova livraria ficou conhecida rapidamente", diz a matéria de *Veja*. Hoje são três lojas, e o negócio vai muito bem, obrigado.

Joaquim Nabuco afirmou que só o jornal pode ensinar o povo a ler não somente os jornais. D. Vanna sabia disso e usou o *Jornal do*

Commercio para aumentar o número dos seus clientes. Para Monteiro Lobato um país se faz com homens e com livros.

E com jornais também, acrescento por minha conta.

Jornal do Commercio, 5 de novembro de 2002.

O último dia do ano

O leitor sabe que o poeta Olavo Brás Martins dos Guimarães Bilac escreveu – "'Ora (direis) ouvir estrelas! Certo / Perdeste o senso!' E eu vos direi, no entanto, / Que, para ouvi-las, muita vez desperto / E abro as janelas, pálido de espanto..." mas não sabe que as primeiras quatro palavras do soneto serviram de paráfrase para o título de artigo que li há muito tempo, tanto tempo que não me lembro o nome do autor: "Ora (direis) ler dicionários!". Conto o milagre sem contar o santo; o homem estimulava leitores, iniciantes ou veteranos, a consultar dicionários. Ler, para ele, era ter o dicionário ao lado para não deixar nenhuma palavra, mesmo as de uso corrente, sem uma boa explicação. Um certo exagero, talvez. Mas cada louco com sua mania.

Hoje, último dia do ano, aproveito o verso de Bilac para dizer, sem estar pálido de espanto: Ora (direis) ler livros de citações! Nada melhor do que o *Dicionário universal de citações*, do Paulo Rónai, para entreter o leitor, no 31 de dezembro, com citações sobre tema admirável e frustrante, a passagem do tempo.

A primeira delas não está no dicionário do Rónai; trata-se de um verso célebre do poeta Drummond. No seu poema "Passagem do ano", ele nos ensina que "o último dia do ano não é o último dia do tempo". É quase um consolo, mas antes dele, Camões (e aqui começo a citar o Rónai) demonstra em um soneto um tanto amargo: "O tempo acaba o ano, o mês e a hora / A força, a arte, a manhã, a fortaleza; / o tempo acaba a fama e a riqueza / o tempo o mesmo tempo de si chora." Dando um pulo no tempo, vamos encontrar Emerson, o realista, que perguntava: "Alguém pode lembrar-se de quando os tempos não eram duros e o dinheiro escasso?" E Ionesco, o dramaturgo do absurdo, garante: "Querer ser do seu tempo é estar já ultrapassado."

Ao voltar a algum lugar do passado para não ser ultrapassado, encontro poetas latinos angustiados com o efêmero do tempo: "Foge irreparavelmente o tempo" escreveu Virgílio nas *Geórgicas* enquanto Ovídio, nas *Metamorfoses*, cantava "O tempo, esse devorador das coisas". Um pouco mais tarde, Dante, na parte do Purgatório da *Divina comédia*, sentenciava: "O tempo passa, sem que o sinta a gente." Sábio Alighieri!

Mas outros poetas, mais práticos e amorosos, demonstraram engenho e arte para cantar a fugacidade do tempo. O francês Ronsard, por exemplo, no seu "Amores de Maria" começou de forma sinistra, mas termina com um apelo ao amor ao qual sua namorada não resistiu: "O tempo vai-se, / e logo estaremos estendidos sob a lama; / E dos amores, dos quais nós falamos. / Quando forem mortos, não mais haverá notícias; / Por isso amai-me enquanto sois bonita."

Os romanos aconselhavam o *carpe diem* e Ronsard seguia o ditado ao pé da letra. Queria aproveitar cada segundo do seu dia antes de ir para a cama e nisso seguiu o exemplo do seu contemporâneo Tasso (ambos do séc. XIV): "Perdido está todo o tempo que em amor não se gasta", que nessa tradução perde a força do italiano declamado com paixão: *"Perduto é tutto il tempo che in amore non si spende."*

Estou quase terminando e não posso deixar de citar o grande cético, o Bruxo do Cosme Velho, que nas *Memórias póstumas de Brás Cubas* garante: "Matamos o tempo; o tempo nos enterra." Sombrio, não? Também, de um defunto autor, o que esperar? Pois terminemos com uma palavra mais otimista, de Afonso Arinos de Melo Franco, em *A escalada*: "Domar o tempo não é matá-lo, é vivê-lo."

Oligopólios e escorpiões

Fábulas antigas servem para ilustrar a moral (e o imoral) dos problemas dos tempos modernos. Vez por outra recorro à história do sapo e do escorpião, que sobrevive ao passar dos séculos, sempre atual. Vou lembrar dela apenas para refrescar a memória do leitor; todos a conhecem, mas talvez não a reconheçam, quando a história acontece sob os nossos olhos e avança sobre o nosso bolso.

Um escorpião pediu ao sapo que o transportasse à outra margem do rio e o sapo recusou-se. "Você vai me picar, e aí eu morro", disse o sapo. O escorpião argumentou "Não sei nadar. Se você morrer eu morro também. Não há perigo." O sapo pensou estar seguro, concordou em conduzir o escorpião, mas no meio do rio levou uma picada mortal. "Idiota, disse o sapo, eu vou morrer, e você também." "Desculpe, respondeu o escorpião, mas picar é da minha natureza. Não posso fazer nada." E os dois afundaram.

Lembrei-me da história ao ler a notícia segundo a qual os oligopólios que atuam no Brasil continuam aumentando os preços em níveis bem superiores aos índices da inflação, mesmo com vendas em queda e a renda do consumidor corroída. Segundo o *Estado de S. Paulo*, a pressão persistiu sobre os grandes supermercados nas últimas semanas, apesar da desvalorização do dólar. Quem negocia com setores oligopolizados garante que eles conseguiram, nos últimos meses, repor as margens de lucro, sem se importar com a perda de participação no mercado.

Empresas que dominam o mercado, especialmente na área de gêneros alimentícios, produtos de limpeza e de higiene pessoal, pouco ligam para o esforço que governo e outros setores da economia fazem para controlar a inflação. Querem mais lucros, mesmo vendendo menos para os compradores que veem, a cada trinta dias, o salário acabar antes do mês.

Agem como o escorpião da fábula, ao picar e injetar doses de vigor no processo inflacionário. Assim todos perdem (eles menos, mas perdem, também), mas é da natureza do oligopólio aumentar os preços. São incapazes de refrear essa natureza, e levam todos para o fundo das águas, onde o dragão da inflação nos espera.

Jornal do Commercio, 29 de abril de 2003.

Os melhores anos

O filme *Os melhores anos de nossa vida*, de William Wyler, produção de 1946 com Frederich March, Mirna Loy, Dana Andrews e Teresa Wright, é inesquecível e atualíssimo. Nos tempos de canastrões travestidos de atores, quando os efeitos especiais se transformam em estrelas, falar de Frederich March e Mirna Loy é lembrar os tempos de um passado distante onde as faces projetadas nas telas transmitiam com intensidade a emoção do ator, e os *transformers* de toda a espécie estavam relegados aos desenhos de George Pal. Só quem viu, no tempo certo, Teresa Wright no esplendor de sua beleza poderá entender que *"a thing of beauty is a joy forever"*, como explicou Keats.

Escrevo sobre cinema, e cinema do passado, mas o tema, como verá o leitor mais adiante, é economia. No filme em questão, March faz um sargento durão do Exército americano na Segunda Guerra; ao regressar à vida civil, retoma seu lugar no banco da cidade. Não só tem o emprego de volta, como é promovido a diretor, para administrar a carteira de empréstimos aos veteranos. Uma lei aprovada logo após o fim da guerra garantia aos ex-combatentes acesso aos financiamentos bancários.

March é o homem certo para o lugar. Entende de banco e é durão. Mas logo ao primeiro pedido ele concede empréstimo de seis mil dólares a um veterano interessado em comprar uma fazenda, e cuja única garantia era o próprio bem adquirido. O presidente do banco não gosta do negócio. Como emprestar a alguém sem outras garantias além do bem comprado?

Mas o negócio é fechado e antes do fim do filme March faz um discurso sobre a função social do banco: acreditar naqueles desejosos de trabalhar e que necessitam de financiamento para tocar o seu negócio. Um discurso bem ao gosto do *new deal*, embora Roosevelt, à época, já estivesse morto.

O discurso do personagem de March fala dos melhores anos da vida americana, isto é, daqueles tempos em que centenas de pequenos bancos municipais irrigavam a economia com empréstimos a juros baixos para pequenos empresários e assim estabeleciam as bases de um sólido mercado interno.

O filme de Wyler é exibido às vezes pela TV a cabo e resiste ao tempo. Numa de suas melhores cenas, Dana Andrews anda no pátio onde se encontra a sucata dos aviões de bombardeio, a lembrar sua participação na guerra. Um filme assim nos emociona e ao mesmo tempo nos ensina como poderiam ser melhores os nossos anos no Brasil se os doutores da economia fossem mais ao cinema, a exemplo do João Paulo dos Reis Veloso. E se os bancos daqui agissem como os dos tempos de consolidação do capitalismo americano, fundamentais para o estímulo da economia americana na construção dos melhores anos da vida deles.

Mas, ao contrário, com os juros nas alturas, o banco, no Brasil, deixou de ser o fomentador do desenvolvimento, para tornar-se um *ersatz* dos agiotas tipo Scrooge, aqueles, dos tempos em que a gente se apaixonava pela beleza da Teresa Wright.

Jornal do Commercio, 31 de março de 2000.

Os nove níveis

Teoria inglesa de sociologia de bolso diz que cada indivíduo de qualquer país do mundo se relaciona com pessoas de nove níveis sociais diferentes. A rainha da Inglaterra, por exemplo, mantém cordiais relações com sua família e os nobres seus primos (primeiro nível), o primeiro-ministro (segundo nível, ou terceiro?) e por aí vai até, digamos, ao seu cavalariço, que deve estar no último nível, o nono na escala social dos que têm alguma relação com a soberana.

No outro extremo da pirâmide social, um mendigo das ruas de Londres (e como apareceram mendigos nas ruas de Londres depois da globalização e da Sra. Thatcher) só se relaciona mesmo com outros mendigos. Mesmo que tenha sido rico em tempos passados, os companheiros de clube e de polo mandaram-no às urtigas, e daí em diante ele passou a entender por que, para os mendigos, *Life stinks*, título de um filme de Mel Brooks sobre um bilionário que passa a pobretão.

O presidente Lula, que anteontem recebeu elogios de Colin Powell, é uma exceção desta teoria, que, pensando bem, parece valer apenas para a sociedade inglesa. No Brasil, país de intensa mobilidade social, o tecido social se estica e todo mundo convive com todo mundo. Nem sempre, mas acontece.

Voltando ao presidente. De retirante nordestino ele se tornou operário metalúrgico, ingressou no movimento sindical e logo se destacou como líder. Enfrentou a ditadura militar, foi parar na prisão, fundou um partido, elegeu-se deputado, candidatou-se a presidente da República e na terceira tentativa foi eleito. Com pessoas de quantos níveis sociais ele se relacionou, desde o início de sua trajetória?

E só pensar nos que viajaram com ele no pau de arara até Recife, nos colegas de trabalho nas fábricas de São Bernardo, nos companheiros de luta e de cela na prisão, até o pessoal da Febraban que deu umas migalhas para as cisternas de lavradores do Nordeste, passando pelo presidente Bush e outros estadistas capazes de mandar matar civis e crianças e depois dormir o sono dos justos.

O espaço é curto. Perdi-me, mas o que eu queria dizer logo no início é que o presidente precisa voltar com urgência às suas relações dos primeiros níveis. Elogios do Colin Powell não pegam bem e elogios entusiasmados do FMI podem afastá-lo, e de forma irrevogável, da turma dos níveis de baixo, a turma que, em última análise, o levou até o Planalto.

Jornal do Commercio, 12 de abril de 2003.

Ouvir um nariz

Implacável, o deus Cronos obriga os cronistas, sacerdotes do templo de papel chamado jornal, a escrever sobre o havido e o acontecido no dia a dia. A cruel divindade, atenta ao observar o *jour a jour* fundamental na nossa missão, só nos concede uma liberdade: escrever sobre o que nos manda o nariz, se o nariz mandasse alguma coisa. Cito o nariz, metáfora pobre e talvez de mau gosto, pois é ele quem fareja o assunto, a matéria-prima da crônica de jornal. E ao encontrá-lo, assim como os cães perdigueiros, não o larga mais.

Ora o meu nariz, que nada tem daquele do Cyrano, me informa que o tempo é ameno e na tarde azulada deste veranico outonal sopra uma brisa doce, como se diz na terra de Rostand. Portanto, eis aí o assunto, diria o nariz, se o nariz falasse. A atmosfera deste maio revestido de abril, capaz de nos dar uma pitada do *douceur de vivre* tão ao gosto dos antigos, no momento em que o Rio acolhe uma exposição sobre Paris do início do século, que melhor tema para um cronista?

Sossega, nariz, tu não sabes de nada, digo eu. Esquece o anacrônico *douceur de vivre*, pois o viver no Brasil de hoje é uma amargura só. E bota amargura nisso, na medida em que a Moody's, a Standard & Poors e a Fitch garantem que nossos títulos colocados no exterior e excrementos valem a mesma coisa. As mesmas, por sinal, que não dispararam os sinais de alarme, quando a Enron já estava com a corda no pescoço. Ou Merryl Linch, que também nos desclassificou e agora paga US$ 100 milhões para livrar-se de processo por ter feito avaliações tendenciosas no mercado de ações.

Não, nariz, assim é demais, meu gosto pela ironia não vai tão longe, como disse Bernard Shaw ao explicar por que recusou convite para ir a Nova York e visitar a Estátua da Liberdade. No mais, talvez seja melhor escrever mesmo sobre a paisagem da tarde carioca, embora o inverno tenha chegado de repente, na quarta-feira. Pelo menos poupo meu nariz de tantos odores a revelar que existe algo de podre no Brasil, perdão, no reino da Dinamarca, vá lá.

Jornal do Commercio, 24 de maio de 2002.

Palíndromos

Nos tempos de Roma antiga ou mesmo na Idade Média, a perícia em formar um palíndromo era considerada parte da boa educação literária dos que não tinham mais o que fazer. Quando a guilhotina da Revolução francesa eliminou alguns desocupados, o palíndromo caiu em desuso.

Palíndromo é a frase (ou a palavra) que, lida da esquerda para a direita ou ao contrário, tem o mesmo sentido. A palavra ovo, por exemplo. Ou a frase "socorram-me em Marrocos". Certo dia, em algum lugar do passado, Otto Lara Resende escreveu um artigo inteiro sobre palíndromos a partir do próprio nome e pensei que ele havia esgotado o assunto, pelo menos para a nossa geração.

Mas ontem um amigo internauta apresentou-me uma lista de palíndromos obtida numa conversa de madrugada. E me informou que depois de piadas sobre advogados, trocar palíndromos é o assunto que mais aparece nas conversas entre eles. Quem diria! De Roma antiga para a web!

Mas não encontrei na lista dos internautas o mais belo palíndromo da minha coleção. E embora eu não seja latinista, vai mesmo em latim: *"In girum imus nocte et consumimur igni."* Numa tradução livre: "Andávamos a vagar pela noite e o fogo nos consumia." O fogo aí no sentido metafórico, creio eu, o fogo do amor, isto é, enquanto vagávamos, estávamos consumidos, incendiados pela paixão.

Também não apareceu na lista o mais famoso palíndromo, o assim chamado palíndromo quadrado: *"Sator Arepo Tenet Opera Rotas"*, isto é "Arepo, o semeador, segura as rodas durante o trabalho."

As cinco palavras de cinco letras, colocadas uma em cima da outra, formam um quadrado que pode ser lido de qualquer forma que seja montado. Lembro-me também de um bom em francês: "*Esope reste ici et se repose.*"

Quando se trata de números, o palíndromo chama-se palíndromo numérico ou... ganha um doce quem souber o nome. No calendário, o último ano "palíndromo" foi o de 1991. Dentro de quinze meses terá início o ano de 2002, que é palíndromo numérico e dos bons. O século terá outros, 2112, 2222 e por aí vai. Mas como o tempo vai e nós não vamos, o que nos espera na esquina é o 2002.

Não disponho de informações sobre se ano com palíndromo numérico chama bons eflúvios ou não.

Pelo sim ou pelo não, é melhor ir pondo as barbas de molho.

Ganhei o doce. O palíndromo numérico chama-se capicua. Apud Millôr Fernandes.

Jornal do Commercio, 1º de outubro de 2000.

Paraísos fiscais

Quem quiser conhecer a lista dos países considerados paraísos fiscais, isto é, aqueles que lavam mais branco, pode encontrá-la no interessante livro *O nó econômico*, do economista Reinaldo Gonçalves. Trata-se de mais um volume da série "Os porquês da desordem mundial", organizada por Emir Sader para a editora Record, e nele o autor, economista e professor da UFRJ, apresenta de forma simples, sem utilizar o dialeto economês, as razões pelas quais estamos onde estamos.

Ao pensar na hipótese de investir no exterior (nunca se sabe o dia de amanhã), concentrei-me no capítulo "O que são os paraísos fiscais" do livro do Reinaldo e descobri nada menos do que 70 estados soberanos classificados como tal. Setenta paraísos fiscais! Não é para deixar os interessados em esconder dinheiro sujo rindo à toa?

Não tenho espaço para citar todos, mas aí vão alguns paraísos, a quem interessar possa: Ilhas Caymã, Bahamas, Costa Rica, Chipre, Líbano, Liechtenstein, Malta, Mônaco, Panamá, Seychelles e Suíça. Estima-se – escreve Reinaldo – que empresas e bancos norte-americanos têm mais de US$1 trilhão investidos em paraísos fiscais. Tais recursos movimentam-se com extraordinária rapidez e liberdade, e agravam a instabilidade do sistema financeiro internacional.

Quando o dinheiro sai de países em desenvolvimento para contas secretas no exterior, como acontece aqui no Brasil, a prática ilegal facilita, e muito, os esquemas de corrupção que acompanham a degradação das instituições públicas e privadas. Os paraísos fiscais constituem uma praga para a economia internacional, assim como o narcotráfico é uma besta do Apocalipse à solta, a contaminar tudo em escala global. Há uma estreita relação entre eles e os bilhões da droga estão sempre em viagens pelos paraísos assim chamados pelos serviços oferecidos ao dinheiro sujo. Mas infernos onde se queima a esperança de um mundo mais justo.

Jornal do Commercio, 17 de junho de 2003.

Perepepê sem coleira

De agora em diante vamos mudar aquela expressão *mondo cane*, utilizada por uma série de filmes italianos de picaretagem, ao mostrar atos de crueldade do ser humano nas mais variadas situações. A expressão não vale mais, pelo menos para as socialites emergentes da Barra da Tijuca e seus cachorrinhos e cadelinhas de estimação. Mundo cão agora só para os confrontos das democracias do Ocidente sedentas de petróleo com os fundamentalistas do Iraque e do Afeganistão. Mesmo assim, até briga de rua de cachorro grande não é tão estúpida, quanto esta, entre os líderes do Ocidente e o seu alvo preferido, no Oriente.

Mas esqueçamos por uns momentos a guerra da insensatez para lembrar as almas caridosas de algumas damas da nossa melhor sociedade. A imprensa registrou ontem o caso da emergente da Barra ao doar a coleira de sua cadela, a Perepepê, para o programa Fome Zero, do governo Lula. Nome da emergente? Os jornais já o publicaram, mas prefiro omiti-lo aqui, para emoldurar o gesto com a grandeza do anonimato. Não se trata de uma coleira qualquer, dessas de couro, esfoladoras do pescocinho dos animais. É uma rútila joia composta por um colar de ouro de 18 quilates com pingente de ouro cravejado de brilhantes no valor de R$ 3,8 mil. Coleira para nenhuma cadelinha botar defeito, muito pelo contrário. Algumas dariam um dente canino por uma dessas.

O generoso gesto da emergente, depois do prévio assentimento de Perepepê, uma pug de dois anos e meio, resultou da consciência de que a bichinha, mesmo sendo de estimação e muito paparicada, "não poderia ficar com a joia, com tanta gente passando fome no

Brasil", segundo a emergente da Barra. Maravilha! Perepepê concordou com dois au-aus, mas exigiu, em compensação, dose dupla diária de sua ração preferida, no que foi prontamente atendida. O programa Fome Zero vale também para ela.

E assim, veja o incrédulo e cético leitor, sempre crítico em relação às autoridades constituídas, ou às deslumbradas socialites, como tinha razão o ex-ministro Magri, aquele do governo de Collor, o Breve, para quem sua cachorra também era humana. Alguns bichinhos entendem, sim, a necessidade dos humanos de ingerir, de vez em quando, um pouco de alimento para sobreviver.

Comer é atividade comum aos animais, sejam os racionais, nós, ou eles, os chamados de irracionais. Milhões de brasileiros pouca oportunidade têm de conjugar aquele verbo, o qual, ao ser citado dá água na boca de quem tem fome. Mas não passa de erro chamar de lei do cão o comportamento dos comilões, alguns apatacados barões das nossas elites, vorazes em todas as atividades e que nada deixam para os outros. Com sua generosidade, Perepepê e sua dona demonstraram: essa lei, pelo menos ao referir-se às cadelinhas de estimação, não está com nada!

Pois, no caso em tela, devemos reconhecer os belos sentimentos da dona e, é claro, da cadela. Consciência social apurada! Exemplo de bondade explícita, quando os corações insensíveis e as almas endurecidas – "os famintos que se danem!" – são maioria absoluta entre emergentes e não emergentes de todas as espécies, e de seus bichinhos de estimação também.

A senhora em questão costuma aparecer em colunas sociais e reportagens fashion, mas sempre com um viés social, de onde se deduz que sua militância em favor dos pobres e desassistidos é uma constante, e não apenas um episódio isolado. Bravo! Pessoas com esse caráter e visão social ajudam o presidente Lula a combater a fome. E, claro, agora ela quer saber se pode descontar a doação na declaração do Imposto de Renda. Muito justo, não?

Perepepê não doou sua joia? Nada demais, explica a emergente, ela nem queria publicidade, os jornalistas insistiram, eles são impossíveis, a gente é obrigada a atendê-los, posar para fotos, são insaciáveis, sempre atrás de um *beau geste* que a gente faz às dúzias por semana. Uma joia? Pfui! É "apenas" dinheiro. Se é para matar a fome de alguém, está bem empregado.

Vão-se as ricas coleiras dos animaizinhos de estimação, mas eles ficam, fofinhos e bem alimentados, aos beijinhos com suas donas, como se vê na foto de Fábio Mota, da Agência Estado. E no mais, vida que segue, como dizia o saudoso João Saldanha.

Jornal do Commercio, 7 de fevereiro de 2003.

Profissão, falsário

Cliente assíduo de táxis, sou do tempo da dificuldade em conseguir um deles. Nas horas de mais movimento ouvia-se sempre a pergunta antipática "vai para onde?" ou então a informação, "é lotada para Copacabana, cinco pratas para cada um". Hoje, seja em que hora for – menos quando chove –, os táxis fazem fila para pegar passageiros. E nem sempre os encontram em número suficiente para a féria do dia.

Ontem entrei num táxi de ponto do Cosme Velho onde sou conhecido e pedi ao motorista para me levar a Ipanema. Antes de colocar o indispensável cinto perguntei se ele trocava uma nota de cinquenta reais e ele respondeu que estava sem troco. Não tem importância, eu disse. Vou para um lugar perto de uma banca de jornais e eu troco o dinheiro lá. Tudo bem, ele concordou. Ligou o ar-refrigerado e seguimos, falando mal do calor que nos abrasa a todos.

Chegamos perto da tal banca e, enquanto o taxista esperava, pedi uma revista de cinco reais e estendi a nota de cinquenta. Desculpe, não sei se troco, disse o jornaleiro mas em dúvida foi conferir na sua caixa se conseguia os quarenta e cinco reais necessários para vender a revista. Não, não tinha. Vamos fazer uma coisa, eu sugeri. Fique com esta nota de cinquenta, me dê uma de dez para eu pagar o táxi e em meia hora eu passo de novo por aqui, compro a revista e você me dá os trinta e cinco de troco. Está certo? O rapaz me olhou com um ar desconfiado. Eu dou uma de dez e o senhor me dá uma de cinquenta? Sim, respondi, eu dou uma de cinquenta e você me dá uma de dez...

E só então observei no seu olhar aquela certeza de estar sendo ludibriado por um vigarista de colarinho-branco. Caí em mim, o que é sempre melhor do que cair de um quarto andar, como dizia o velho Machado, olhei bem para a minha nota, estiquei-a, virei-a de um lado para o outro e comentei com o jovem, está certo, está certo, deixa pra lá.

Voltei para o táxi e sugeri ao motorista, leve a nota de cinquenta. Seu ponto é perto da minha casa , depois você me leva o troco. Nem pensar, respondeu o homem. Não precisa me dar esta nota, o senhor sempre pega táxi ali, tome o meu cartão, deixe os dez reais no bar em frente ao ponto com o fulano, não se preocupe.

Agradeci a gentileza e não me preocupei; mas olhei de novo para a nota de cinquenta reais, recusada por duas pessoas. Examinei-a com atenção. Cheguei à conclusão, não, não era falsa, mas eu, pobre de mim, seria um completo fracasso, se quisesse ganhar a vida como falsário.

Proust e Beckett

Quem se realiza mais na sua atividade, o leitor ou o escritor? Jorge Luis Borges afirmava que o exercício da leitura consistia em hábito mais culto do que o de escrever. A paixão pelos livros tomou grande parte do seu tempo e se não produziu mais como escritor deve-se à sua dedicação compulsiva à arte de ler.

Durante algum tempo, na companhia de amigos, publiquei uma revista de contos. Depois de quatro anos, verificamos que pelas páginas da revista haviam passado mais de quinhentos contistas brasileiros vivos, mas destes apenas uns duzentos eram assinantes da revista. Chegamos à conclusão de que o pessoal gostava mesmo era de escrever. Ler – pelo menos ler os colegas – não era com eles.

Estas lembranças surgem a propósito da publicação de um livro de Samuel Beckett, sobre suas leituras de Proust. Ainda um iniciante, em 1931 Beckett mergulhou de cabeça em *Em busca do tempo perdido* e voltou à tona com um ensaio clássico, editado em português, tradução de Arthur Nestrovski.

Quando o futuro autor de *Esperando Godot* descobriu o mundo da memória recriado pelo escritor francês, a fama de Proust, dez anos após a sua morte, já estava consolidada na Europa culta. Mas o jovem Beckett foi o primeiro a "ler" de uma forma em que identifica o "tempo" como válvula de escape para o entendimento do mundo e o significado da existência.

O exemplo de um escritor em formação, que se entrega à leitura de um contemporâneo e depois transmite suas impressões em estilo tão claro e preciso, deveria ser seguido por aqueles jovens que preferem escrever a ler, ansiosos por publicar textos que mais tarde certamente vão renegar.

    Ler é um hábito saudável que se forma na infância. A criança que aprende a ler, mas não tem à disposição livros adequados à sua idade, será um adulto sem interesse pela leitura. Será alguém sem acesso ao universo de temas e assuntos que só a leitura proporciona. E o pior, incapaz de entender-se, de pesquisar o seu interior, de cultivar a memória do seu tempo, de tornar-se um ser humano completo.

    A leitura de Proust foi para Beckett um exercício intelectual capaz de transformá-lo e estimulá-lo a produzir obras que, mesmo no seu desespero e desesperança, nos ajudam a compreender melhor este mundo tão esquisito em que vivemos.

Jornal do Commercio, 5 de julho de 2003.

Prêmio Menéndez Pelayo para Nélida

Primeira mulher eleita para a presidência da Academia Brasileira de Letras, a escritora, ensaísta e humanista Nélida Piñon recebeu nesta semana mais um prêmio internacional: o Menéndez Pelayo. De grande importância na cultura da Espanha e repercussão internacional, não só em países de língua latina, mas em todo o mundo, o prêmio foi instituído pela Universidade Internacional Menéndez Pelayo, assim denominada em homenagem ao crítico e historiador literário espanhol (1856-1912), nascido em Santander.

Integraram o júri os professores José Luis García Delgado, reitor da UIMP, e o ex-reitor Raul Morodo; Gregorio Salvador Caja, vice-diretor da Real Academia Espanhola; Juan López Dóriga, diretor-geral do Instituto de Cooperação Ibero-americana; Jesus de Polanco, presidente da Fundação Santillana; Eulálio Ferrer, presidente da Sociedade Cervantina do México e Enrique Gonzalez Torres, reitor da Universidade Ibero-americana do México.

O júri decidiu por unanimidade e em seu relatório acentuou que o prêmio foi concedido este ano a Nélida "por seu trabalho como docente e pesquisadora no campo das humanidades e por seu trabalho como escritora, onde tem se aprofundado tanto nos problemas individuais do homem e suas inquietações como na condição do homem como ser social, cultural e político que pode aspirar a uma realidade maior e mais justa".

Considerada pelo suplemento de Cultura do diário *ABC* "a grande dama da literatura brasileira", Nélida conquista o prêmio de forma duplamente inédita. Esta é a primeira vez que o Menéndez Pelayo é atribuído a uma escritora. No passado, nomes de grandes prosadores como Octavio Paz e Carlos Fuentes encontram-se entre os premiados, mas ela é também a primeira escritora em língua portuguesa a recebê-lo.

O nome de Nélida foi apresentado pela embaixada da Espanha no Brasil e concorreu com outros 29 candidatos de 13 países. Depois de uma primeira votação, permaneceram dois nomes e a seguir o de Nélida foi escolhido por unanimidade.

Recado de Roosevelt ao Brasil

No Ordinary Times, livro de Doris Kearns Goodwin sobre os anos de Franklin Delano Roosevelt na Presidência dos EUA, recebeu, na tradução brasileira, lançada pela Nova Fronteira, o título *Tempos muito estranhos*, com o subtítulo *Franklin e Eleanor Roosevelt: o front da Casa Branca na Segunda Guerra Mundial*. O título original foi extraído de um discurso de Eleanor na convenção do Partido Democrata que indicou Roosevelt pela terceira vez como candidato à Presidência. E a justificativa daquela terceira candidatura era exatamente o fato de que, ao se preparar para a guerra, os EUA não viviam tempos comuns, ou "ordinários", na melhor acepção da palavra, mas sim tempos extraordinários, que exigiam homens excepcionais, com força e coragem para enfrentar os dramáticos desafios daqueles anos.

Doris Kearns Goodwin traça um retrato dos dois, o estadista e a ativista, as contradições que viveram, os desencontros e as brigas, mas também a capacidade de amar e superar os problemas do casamento para colocar todas as forças disponíveis ao serviço do país, da democracia e dos direitos humanos. A vida sentimental dos dois fora do casamento é narrada com dignidade e respeito, mas sem omitir detalhes das aventuras extraconjugais de Roosevelt e da devoção de algumas amigas íntimas por Eleanor.

Desde o primeiro movimento de Hitler na Europa, Roosevelt identificou-o como o grande inimigo. Apesar da oposição dos isolacionistas e dos que o consideravam um socialista, concluída a sua tarefa de recuperação do país, com o New Deal, colocou-se de corpo inteiro na luta para ajudar a Inglaterra e mais tarde a União

Soviética; para ele ao apoiar as forças que resistiam à Alemanha hitlerista, defendia não só a democracia, mas também a segurança dos EUA.

Embora tão empenhada na luta contra o nazismo como seu marido, Eleanor Roosevelt permaneceu sempre à esquerda de Franklin no espectro político e estava mais interessada na luta no front interno, pelos direitos civis. Apenas tolerava o conservador Churchill quando este visitava a Casa Branca e criticava o primeiro-ministro britânico por induzir o marido a beber, às tardes, mais do que lhe era permitido pelos médicos.

Depois da morte de Roosevelt, ela prosseguiu no seu trabalho na ONU, em defesa dos direitos civis da população negra americana, onde viveu um grande momento na aprovação da Declaração Universal dos Direitos Humanos, na Terceira Assembleia Geral da ONU, em Paris, em 1948. Na época, o delegado brasileiro era o jornalista Austregésilo de Athayde, que com ela colaborou intensamente.

Menos radical e mais astucioso do que a mulher, Roosevelt não avançava tanto na aprovação de leis pelos direitos civis e nem sempre concordava com indicações que ela fazia, de pessoas comprometidas com o assunto, para cargos importantes do governo. Incansável, ela não dava tréguas ao marido e, ao fim do expediente, quando ele se preparava para tomar um ou dois martínis e desligar-se dos problemas do dia, ela começava a sua audiência particular.

Então exigia providências, nomeações de *new dealers* e compromissos de combater a política dos segregacionistas do Sul. Roosevelt resistia até certo ponto, mas corria a anedota na Casa Branca de que antes de dormir ele orava, com devoção: "Senhor, fazei com que Eleanor se canse." Dificilmente o Senhor atendia à prece do presidente.

O livro não fala da visita de Roosevelt ao Brasil, em 1942, para inspecionar a base aérea americana em Natal, na companhia de Vargas, nem da política de boa vizinhança, coordenada por Nelson

Rockefeller, que promoveu Carmem Miranda a estrela de Hollywood. Mas revela um episódio que pode interessar ao Brasil de hoje. Wendell Wilkie, o liberal que conseguiu empolgar a convenção republicana em 1940 e foi o candidato de oposição a Roosevelt, partilhava das ideias de seu opositor em relação à intervenção dos EUA na guerra. Depois da eleição, Roosevelt convidou Wilkie para um encontro e os dois discutiram a formação de um partido genuinamente liberal na acepção americana, que reunisse os democratas e republicanos progressistas.

Roosevelt queria descartar-se dos democratas do Sul, reacionários, isolacionistas e segregacionistas, para ter ao seu lado republicanos que, a exemplo de Wilkie, partilhavam de suas ideias. Ele desejava repetir nos EUA o sistema bipartidário britânico com conservadores de um lado e trabalhistas (ou liberais) do outro. A ideia não prosperou porque logo após o encontro Wendell Wilkie teve um ataque cardíaco e morreu.

A aspiração de Roosevelt por partidos homogêneos do ponto de vista ideológico, a reunir políticos de todos os estados com os mesmos ideais, pode constituir uma boa lição para o Brasil de hoje, onde os partidos não passam de colcha de retalhos de interesses fisiológicos estaduais, e fazem alianças regionais de todos os tipos na ânsia de alcançar o poder.

Por mais que teóricos e politólogos insistam na tese de que a federação brasileira não comporta a verticalização das alianças por ser ela mesma uma colcha de "retalhos" coetâneos mas não contemporâneos, todo esforço no sentido de tornar partidos e políticos mais consequentes e menos erráticos, a dançar conforme a música de interesses paroquiais, só pode ajudar a consolidar entre nós, o sistema democrático de governo.

Jornal do Commercio, 11 de março de 2002.

Robôs e Pinóquio

Clássico da literatura infantil, o conto *Pinóquio*, de Carlo Collodi, conhecido em todo o mundo e adaptado para o desenho animado por Walt Disney, ganha nova versão em filme: *Inteligência artificial*, de Steven Spielberg.

O boneco de madeira que desejava ser criança como as outras agora é um robô de última geração, com aparência humana e capaz de sentimentos. Embora máquina, ele ama a mulher que o adotara e, para ser correspondido no amor, aspira a tonar-se um ser humano.

As aventuras do menino-robô em busca de coração humano acontecem no futuro distante, no mesmo ritmo das peripécias narradas por Carlo Collodi, mas sem o ranço moralista da época em que o italiano criou o boneco, "filho" do carpinteiro Gepeto. Referências ao livro aparecem no desenrolar do filme, mas não nos créditos. Talvez por isso as editoras daqui não se deram conta da oportunidade de lançar novas edições do livro, em adaptações de escritores brasileiros, que existem e são muito boas.

Você pode não gostar do filme, ou do roteiro de Spielberg. Mas, além do encanto da fábula, agora ficção futurista, e das cenas de Nova York submersa, algo nos conduz à reflexão sobre o furor de homens e mulheres ignorantes, ansiosos para destruir os robôs, temerosos de que eles ocupassem seus lugares. Eles se reúnem numa grande arena, para ver os caçadores de robôs despedaçarem de forma selvagem as engenhocas com aspecto de humanoides, do tipo dos replicantes de *Blade Runner*, produzidas pelos cientistas, os novos Gepetos.

Ao ver humanos agindo dessa maneira, mesmo em filmes, não é preciso levar a imaginação ao futuro para encontrar a mesma reação no presente, quando se pede o sangue afegão, porque eles são "diferentes".

Condicionados "formatados" por quem produz os preconceitos dominantes, muitos de nós já abdicamos da capacidade de refletir e agir de acordo com nossas opiniões, e nos transformamos em robôs. Robôs dos antigos, impedidos de pensar, e ao contrário do garoto-robô de *Inteligência artificial*, o Pinóquio do futuro, incapazes de sentir algo parecido com o amor.

Roucos rumores

Em 1944, quando Alceu Amoroso Lima completou 51 anos, Manuel Bandeira escreveu o poema "Velha Chácara" evocando a infância dos dois no Cosme Velho: "A casa era por aqui... / Onde? Procuro-a e não acho. / Ouço uma voz que esqueci. É a voz deste mesmo riacho / A usura fez tábua rasa / Da velha chácara triste: / Não existe mais a casa... / Mas o menino ainda existe."

Também menino, aos 10 anos, Manuel descobriu sua vocação para a poesia e rabiscava quadrinhas de humor, gracejando a propósito dos namoros dos tios maternos. Depois, no ginásio, em contato com os colegas, especialmente com Souza da Silveira, enveredou pela lírica amorosa: no maior segredo, estava apaixonado por uma amiga de sua irmã.

Um dos tios do poeta, Cláudio Costa Ribeiro, embora morasse no Cosme Velho, não tinha grande admiração por seu vizinho, Machado de Assis. Um dia tio Cláudio proclamou enfático à mesa de jantar que não leria mais Machado de Assis. Ao que seu outro tio, o Neco, sem levantar os olhos do prato, aparteou:

– Ele há de se importar muito com isso!

O fato do tio Cláudio não gostar de Machado de Assis não impediu o menino Manuel de admirar o romancista. Ao se encontrar com o escritor numa viagem de bonde sentou-se ao seu lado e ele, reconhecendo o rapaz, de cuja família era amigo, entrou a conversar. Segundo Manuel Bandeira, Machado "contou-me um passeio de lancha que fizera na baía com um grupo de poetas, entre os quais estava Bilac. Eugênio Marques de Holanda recitara estrofes do segundo canto dos *Lusíadas*. Quis o mestre repetir os versos, mas

não se lembrava. Eu, que sabia o meu Camões de cor, balbuciei timidamente: 'Com um delgado cendal as partes cobre...' o mestre interrompeu-me:
— A anterior... a anterior...
Mas a memória traiu-me e eu me recordo bem que entrei em casa mortificado dessa traição."

O encontro do velho Machado com o jovem Bandeira inspirou a Carlos Drummond de Andrade o poema "Com Machado de Assis": "No bonde Cosme Velho, o rapazinho e o Bruxo / conversam de Camões e a Ilha dos Amores. / A poesia é um luxo / que se agasalha, e bem, entre roucos rumores."

Jornal do Commercio, 21 de junho de 2003.

Roxie Hart e os ministros de Lula

Poucas pessoas e poucos jornalistas – sabem de cor o nome de todos os ministros e secretários do atual governo. Salvo algumas figuras notórias, eles ainda são ilustres desconhecidos, embora alguns façam muita força para aparecer nos jornais.

E Roxie Hart, quem conhece? Quem ouviu falar dela? No Brasil, apenas alguns críticos de música e de cinema ou fanáticos por musicais da Broadway. Não sou crítico de música ou de cinema, nem fanático por musicais da Broadway, mas nas linhas que se seguem vou tentar demonstrar que existe algo em comum entre os ministros de Lula e Roxie Hart.

Personagem de uma peça de 1926 de autoria de Maurine Dallas Watkins, baseada em fatos reais acontecidos em 1920, Roxie é uma artista decadente da era do jazz que mata seu amante por ciúmes, atrai a atenção da imprensa sensacionalista, salta para as manchetes policiais e de lá é catapultada para os palcos iluminados.

A história tem seu *meneur du jeu*: um advogado que promete salvar Roxie da cadeira elétrica, desde que ela se submeta ao seu jogo sujo, para conquistar a boa vontade do júri. Ela seria absolvida e ele ganharia notoriedade indispensável para a conquista de outros clientes. Nos diálogos e na trama entre a assassina e seu defensor aparecem todos os podres da polícia, do sistema penitenciário, da justiça e da imprensa dos Estados Unidos dos anos 1920 – mas não é esta parte que se relaciona com o ministério de Lula. Ainda não chegamos lá.

Também não sou cinéfilo, mas sei que a peça de Watkins teve duas versões cinematográficas. A primeira de 1927, ainda no cinema mudo, e a segunda de 1942, com Ginger Rogers e Adolphe Menjou, filme engraçado, embora com um final moralista idiota. Em 1975, o diretor e coreógrafo Bob Fosse montou na Broadway o musical *Chicago*, baseado na peça de Watkins, que não obteve, de início, grande sucesso. O papel de Roxie Hart foi entregue a Gwen Verdon, e o segundo papel, outra artista assassina, rival mais jovem de Roxie, chamada Velma, a uma esfuziante Chita Rivera. O advogado era o ator Jerry Orbach, que ainda faz mafiosos ou policiais durões em filmes para a TV. Posso dar a ficha técnica do espetáculo, pois eu estava lá, na Broadway, assistindo, sem saber, a uma das últimas apresentações com Gwen Verdon. Ex-mulher de Bob Fosse, ela adoeceu, foi substituída por Lisa Minelli e aí sim, o musical pegou e ficou mais de dez anos em cartaz.

Quinze anos mais tarde, uma coreógrafa americana remontou *Chicago*, desta vez com Chita Rivera (incrível como ela resiste ao tempo, lembra a Elza Soares) no papel de Roxie Hart e agora leio no *Time* que, na onda de novos filmes musicais de sucesso, a exemplo de *Moulin Rouge*, o diretor Rob Marshall terminou sua versão para o cinema do musical *Chicago*. O elenco inclui Renée Zellwegger no papel de Roxie Hart, Catherine Zeta-Jones como Velma e Richard Gere interpreta o advogado corrupto. Com a campanha publicitária que geralmente cerca estas superproduções, vamos ver em breve Roxie Hart de volta ao cartaz.

Apresentada a assassina que queria espaço nas primeiras páginas a qualquer preço, vamos voltar ao Ministério do presidente Lula. Certos ministros, figuras respeitáveis mas que não teriam cinco linhas nas páginas internas, não fossem ministros, parece que enlouqueceram. Querem notoriedade até "pedindo bênção a cachorro", como diziam os antigos jornalistas, quando procurados por figurões em busca de notinhas nos jornais.

Muitos deles, em boa hora, convidaram para as respectivas assessorias de imprensa profissionais competentes e talentosos. A primeira tarefa desse grupo de especialistas em comunicação será explicar aos respectivos chefes sobre a melhor maneira de se dirigir à opinião pública. E lembrar que quem fala muito acaba caindo do cavalo, nas palavras do presidente da República.

A nós, dos jornais, cabe a tarefa de perguntar e insistir nas perguntas até obter respostas satisfatórias. Vamos fazer isso, sem dúvida. Mas, se além de responder, as Excelências tentarem criar factoides e quiserem agir como Roxie Hart, vão se dar mal.

Jornal do Commercio, 14 de janeiro de 2003.

PS: A mesma história pode contar-se hoje sobre os ministros da presidente Dilma. Quem os conhece? Nem a imprensa.

Salvar o sistema

Sempre acreditei, tal como a célebre velhinha de Taubaté, do Luis Fernando Veríssimo, no capitalismo – único sistema capaz de resolver os problemas da humanidade. Senão de toda a humanidade, pelo menos de parte dela, a dos ricos. Os pobres podem ser maioria absoluta elevada ao quadrado, mas estão tão acostumados à pobreza, coitados, que se viram, não é necessário cuidar deles. Os ricos, não. Eles não têm chance de sobrevivência, se deixados sem proteção. É para a proteção deles que o capitalismo funciona: caso contrário, estariam ferrados.

Mas nos Estados Unidos, executivos fraudaram as empresas nas quais ganhavam fortunas, e por incompetência gerencial e fraudes competentes, quase levaram-nas à falência. Recebiam salários fabulosos e bônus estratosféricos ao fim do ano. Tal procedimento, nefasto e condenável, prejudicou e empobreceu os donos das referidas empresas. Ora, ninguém ignora que, quanto mais rico o sujeito é, de mais dinheiro precisa. É da natureza do sistema. Então, estes executivos incompetentes e fraudadores não passavam de criminosos de colarinho-branco e, muito pior, subversivos. Solapavam o sistema capitalista. Queriam impedir os donos das empresas, os capitalistas, os donos da grana, de aumentar suas riquezas, para o bem de todos, segundo o catecismo do Partido Republicano. Não é uma grande safadeza? Não é o caso de a polícia mandá-los logo para o cárcere, se possível Guantánamo, sem julgamento, por tentativa de solapar as bases do sistema capitalista, benza-o Deus?

Retirei a informação da denúncia das ongs United for a Fair Economy e Institute for Policy Studies – e pelo nome o leitor já vê que devem ser fachadas de perigosas instituições comunistas – segundo a qual pesquisa realizada em 23 grandes empresas demonstrou que, entre 1999 e 2000, enquanto elas afundavam em crises do tamanho da dívida do Brasil, seus executivos levavam os respectivos salários às alturas.

Entre as empresas estavam a AOL, a Time-Warner, a varejista Kmart e a de petróleo Hailiburton, então dirigida por Dick Cheney, que agora quer reduzir o Iraque a pó. Para se ter ideia do roubo, o salário total dos executivos no período somou US$ 1,4 bilhão, enquanto o valor de mercado das empresas caiu US$ 530 bilhões e 162 mil trabalhadores foram demitidos.

Esqueçamos os demitidos, eles se viram. Aqui no Brasil com mais de 10 milhões de desempregados os políticos dizem que não tem problema, deixem com eles, eles arranjarão emprego para todos e, como garantia a velhinha de Taubaté, candidato não mente. Mas e os ricos, os super-ricos, os milionários? O que hão de fazer, depois que ficarem um pouquinho mais pobres, lesados por esses executivos criminosos? Ganhar o pão com o trabalho nem pensar, é claro. Assim não dá, assim o sistema não vai pra frente, né não?

Jornal do Commercio, 28 de agosto de 2002.

Seu João

Na manhã de ontem, duas notícias amargas: a morte do seu João, o jardineiro que tratava das plantas e flores de várias casas no Cosme Velho, e logo a seguir a da tragédia da Barra da Tijuca: um pai de família mata a mulher e duas filhas, e depois se suicida por falta de recursos para sobreviver.

Quando adoeceu, seu João queria voltar ao cultivo das flores e das plantas. Pelo telefone, do hospital onde estava internado, nos perguntava pela azaleia e os hibiscos, as rosas e as costelas de Adão, e se as mudas de cerejeira estavam pegando.

Quando ainda tinha saúde, aos setenta e tantos anos, já aposentado, insistia em continuar no trabalho. Gostava do que fazia. Agachava-se para tratar e conversar com as plantas rasteiras ou subia em escadas para podar os galhos mais altos. Muitas vezes era preciso proibi-lo de utilizar a escada. "Não suba, seu João, é perigoso, na sua idade." Não ligava para os conselhos e jamais caiu. Em diálogo com a terra, as folhas e as flores, elas pareciam responder às suas palavras. A conversa era entrecortada pelo cantochão de hinos religiosos com os quais se comunicava com Deus e às vezes era preciso pedir que desse um tempo, para a gente se concentrar no trabalho matutino.

Jamais conheci alguém tão ligado à sua profissão. Ele extraía do ofício um prazer especial, o de ver as plantas crescerem e o desabrochar das flores. Muitas vezes, durante o verão, insistíamos para que evitasse o sol a escaldar a pele curtida e plena de rugas. Dizia estar acostumado, e o sol fazia bem à saúde. Quando ficou doente, telefonou, não contratem outro, eu volto. Não contratamos. E as plantas sentiam sua falta. Tentei tratar delas eu mesmo, mas em matéria de jardinagem, no meu caso o sem jeito mandou lembranças.

Quando as forças lhe faltaram, entregou-se, confortado por sua religião e os familiares. Ao saber, na mesma manhã, da tragédia da Barra da Tijuca, pensei no contraste do amor do seu João à vida, mesmo diante da inevitável morte, e a angústia de um pai, ao ponto de assassinar a família e suicidar-se por falta de recursos para sustentá-la. Entre seu João e o assassino-suicida da Barra da Tijuca vai a diferença entre a esperança e o desespero. Ou da alegria de viver, da fé, e a loucura ou o tormento diante da família sem comida. É difícil para um observador do cotidiano entender o fim da existência de dois seres humanos tão distantes um do outro. Mas no caso de alguém chegar ao ponto de negar à família e a si mesmo o direito à vida, surge o retrato da sociedade injusta em que vivemos.

Sobre berbigões, tatuís e amêijoas

Vocês sabem o que é um berbigão? A palavra que define o molusco aparece pela primeira vez na literatura brasileira na carta de Pero Vaz Caminha ao rei D. Manuel, informando sobre o achamento de terra do outro lado do Atlântico: "Também acharam cascas de berbigões e amêijoas, mas não toparam com nenhuma peça inteira." Em Santa Catarina e em outros estados do Sul é aquele bichinho que a gente encontra nas praias – no Rio, quando as praias não eram poluídas, as areias estavam cheias deles, o conhecido e hoje desaparecido tatuí. Berbigão, tatuí ou amêijoa são iguais ou quase iguais, todos da família de um molusco comestível, excelentes como tira-gosto, ou melhores ainda quando guisados, na base da moqueca.

Por ocasião de uma reunião literária em Florianópolis, um grupo de escritores (entre eles Antônio Houaiss) encontrava-se na casa de praia dos escritores Salim Miguel e Eglê Malheiros, na parte conhecida como Cachoeira de Bom Jesus, uma das melhores praias da ilha. Quando Houaiss soube que havia berbigões, ou, como ele dizia, amêijoas, na praia, convocou um grupo para, nas suas palavras, capturá-las.

E lá foram, em busca dos bichinhos. Conseguiram muitos e Houaiss, bom gourmet e excelente cozinheiro, fez questão de levá-los à cozinha para prepará-los. Quando soube de sua intenção, Eglê, a dona da casa, correu atrás dele, mas ao chegar lá o filólogo já tinha dado instruções à cozinheira. E repetiu-as para Eglê:

– Eu recomendei que ela mergulhasse as amêijoas em água fervente, a 40 graus. O tempo de cocção não deve exceder de dez minutos, após o que as amêijoas exsudam, momento em que devem ser retiradas da água, e servidas, com um pouco de sal e limão, para a degustação.

Eglê perguntou à empregada se ela tinha entendido as instruções.

– Claro, dona Eglê – respondeu a mulher. – O professô mandou tacá os berbigão na fervura, deixá eles lá até que saísse aquela aguinha, e aí tirá pra dá procês comê.

Eglê chegou à conclusão de que quem é do ramo e conhece seu ofício, é capaz de entender um lexicógrafo extraordinário como Houaiss que, mesmo na linguagem comum, e sem afetação, utilizava vocabulário erudito.

Esta historinha lembra o lançamento do dicionário de Houaiss, mas informa também que o dicionário do Aurélio Buarque de Holanda é igualmente muito bom. Quando vivos, Houaiss e Aurélio eram amigos, e não competidores. E feliz é o país que conta com dois excelentes dicionários, para que todos possam consultá-los e assim ampliar o vocabulário, geralmente pobre, mesmo o de pessoas alfabetizadas. Ao contrário do que diz o provérbio idiota e preconceituoso, o dicionário não é o pai dos burros, mas sim dos inteligentes.

Quanto maior for a nossa capacidade de entender o mundo, e descrevê-lo com palavras, melhores seremos. E mais humanos.

Jornal do Commercio, 10 de setembro de 2001.

Sobre fome e estradas

"Governar é abrir estradas", dizia o presidente Washington Luiz, paulista de Macaé, também conhecido e malfalado nos círculos da esquerda por afirmar que a questão social era uma questão de polícia. Com a eleição e posse do presidente Lula, a questão social passou, de questão de polícia, a prioridade do governo. A ordem do Planalto é para que todos, e cada um em sua área (até a polícia), se empenhem em desatar um nó da questão social: acabar com a fome.

Para realizar esta tarefa é indispensável contar com estradas decentes. No dia em que uma malha de rodovias e ferrovias transitáveis cobrir todo o país será possível transportar, com rapidez e eficiência, grãos, carne e leite para matar a fome de milhões de brasileiros. Sem boas estradas, os produtos essenciais não chegarão aos lugares onde são mais necessários, tornando-se presa fácil de corruptos e açambarcadores.

É claro que uma rede de transportes desse calibre, acrescida do sistema hidroviário, tão pouco explorado no Brasil, irá muito além do projeto prioritário do governo Lula. Mas por enquanto vamos esquecer esse esquema macro e pedir estradas decentes que ajudem, no mais breve espaço de tempo possível, a assistir os brasileiros que não têm comida.

E ao falar em estradas, no Brasil, ingressamos em perigoso terreno minado; os buracos que transformam nossas rodovias em extensões de queijo suíço resultam não só do tráfego pesado, mas também da conservação precária, da péssima fiscalização e da má administração do setor dos transportes.

Quem observa o mapa rodoviário e ferroviário do Brasil, nota que as rodovias constituem hoje a maioria das estradas transitáveis; as ferrovias perderam sua importância, estão desativadas ou decadentes e não cumprem a missão fundamental da estrada de ferro em qualquer país civilizado do mundo: a de contribuir para a integração nacional. E em matéria de hidrovias, estamos como a Minas Gerais, de Drummond, não passam de um retrato na parede.

Desde o tempo de Mauá, a ferrovia constituiu um meio de escoamento da produção agrícola, especialmente em São Paulo, onde a via férrea acompanhava o café em suas andanças pelo interior, para, depois de colhido, transportá-lo até o porto de Santos e dali tornar-se o nosso principal produto de exportação, desgraça que nos perseguiu até recentemente.

A partir dos anos 1950, o Brasil fez a opção pela rodovia, e o petróleo abundante, mais barato do que a água, parecia indicar que trilhávamos o melhor caminho. A geração americana do *on the road* sugeria que o transporte individual pelo asfalto dava ao ser humano uma autonomia com a qual jamais sonhara. O trem, transporte coletivo, amarrado a horários rígidos, parecia anacronismo que o século XX deixara no passado, na esfumaçada gare de Saint-Lazare, tal como a viu Claude Monet.

Desastroso engano. Nos anos em que os árabes resolveram cobrar o preço justo pelo seu principal produto, o abandono da ferrovia jogou o país num poço sem fundo, queda da qual até hoje se ressente. E se ressente mais porque, sem ferrovias, deixou suas rodovias em estado lastimável, em grande parte intransitáveis, muitas delas desfazendo-se em barrancos quando submetidas a chuvas intensas.

O governo Lula estabeleceu uma meta social que depende, em grande parte, do Ministério dos Transportes. Os coordenadores do programa de combate à fome já sentem falta de uma rede viária em condições de levar alimentos a tempo e a hora aos grotões do Brasil. Para deslindar este nó, não basta remendar buracos ou consertar trechos intransitáveis. É necessário restaurar as ferrovias, e abrir outros caminhos, por terra, pelos rios e pelo mar, e impedir que o entupimento das vias provoque um enfarto no sistema de transportes, com reflexos danosos à saúde do programa de extinção da fome no Brasil. E a toda a economia brasileira.

Sobre gatos e ratos

Pesquisas indicam que a fome no Brasil é fenômeno endêmico. Números citados ontem pela *Folha de S.Paulo*, em reportagem sobre o tema, escandalizariam até o mais entusiasmado defensor do Consenso de Washington – pois quem come, produz, e quem produz, consome. Consumo é mercado, mesmo que o produto consumido seja um prato de feijão com arroz. Mercado e consumo são palavras mágicas que levam às lágrimas de alegria os arquitetos do Consenso de Washington, em torno do qual se unem os neoliberais de todo o mundo.

Eis os números citados pela *Folha* segundo a coordenação do programa Fome Zero: 27,05% da população, ou 46 milhões de brasileiros, dispõem de menos de um dólar para sobreviver e passam fome. Em pesquisa realizada pelo Ipea e a Cepal, o IBGE estima que 13% da população está na linha da indigência: são outros 20 milhões de brasileiros com fome todos os dias. Pesquisa da Unicamp de 1999 constatou que 18,1%, ou 30 milhões da população, recebiam, naquele ano, menos de 1/4 do salário mínimo por mês. Não dá nem para o café com pão diário.

São dados alarmantes, embora o Banco Mundial, mais otimista, informe que pesquisa datada de 1997 identificou apenas 5,1% da população com renda de menos de um dólar por dia. Mesmo assim, seriam quase nove milhões de brasileiros sem condições de sobreviver como seres humanos. E a USP, ao trabalhar com dados de 1996, considerou que 10,4% das crianças brasileiras sofrem de crescimento insuficiente por falta de nutrição adequada.

Durante a campanha eleitoral, arautos do PT afirmavam que 44 milhões de pessoas passavam fome no Brasil, exagero demagógico para confundir os que se dedicavam com seriedade ao estudo do problema. Depois da eleição de Lula, os algarismos petistas foram reduzidos a pouco mais da metade.

No seu discurso de posse no Ministério da Fazenda, Antonio Palocci afirmou que existem no Brasil e sobrevivem só Deus sabe como, pelo menos 25,5 milhões de pessoas famintas. Trata-se de um número indecente, mas vamos aceitá-lo para início de conversa. Estamos falando de uma situação trágica que seria parecida, por exemplo, se imaginássemos metade da população da França, ou da Itália, ou da Inglaterra, passando fome. Já pensaram no que aconteceria naqueles países diante de tal calamidade? Logo depois da guerra de 1939/1945, nações europeias sofreram privações e em certas áreas houve escassez de alimentos. Mas dois ou três anos e muita grana do Plano Marshall depois, a situação normalizou-se. Mais cinco e os europeus já estavam comendo muito bem e passados outros cinco o problema não era mais a fome, mas a obesidade.

Com um bilhão e trezentos milhões de habitantes, e vai por extenso para se ter uma ideia do número, a China consegue alimentar todos os seus habitantes. E os chineses estão hoje mais saudáveis, mais altos e musculosos do que nunca. Não se sabe a cor do gato que pegou todos os ratos que impediam o bilhão de chineses de comer três refeições por dia, mas ele foi eficiente.

Aqui no Brasil, nossos gatos não parecem tão bons quanto os chineses. Os ratos estão aí, prontos para atacar, seja na burocracia ou na entrega de produtos alimentícios – se a prática for adotada. E os gatos não se entenderam, até aqui, sobre a melhor forma de combater a fome. Os discursos oficiais, como todos os discursos oficiais, falam em soluções, mas na prática, como já dizia o Conselheiro Acácio, a teoria é outra.

Entre gatos e ratos, nos encontramos diante de um quadro trágico que a incompetência e a insensibilidade de governos anteriores foram incapazes até mesmo de diagnosticar. Agora, o primeiro passo foi dado. Os brasileiros acordaram para um problema que não é só do governo – ou dos governos – mas da sociedade também. Não é possível comer bem – às vezes até bem demais – e depois dormir de consciência leve, imaginando que 25,5 milhões de brasileiros passam fome.

Não somos nós, os contribuintes, os gatos. Mas que o PT consiga bichanos eficientes – e a cor também não importa, como dizia Deng –, para pegar esses roedores. Os que negam um dos direitos básicos dos brasileiros: o direito à comida.

Jornal do Commercio, 31 de janeiro de 2003.

Sobre sapos

Os cientistas avisam: sapos, rãs, pererecas e outros bichos parecidos encontram-se em processo de extinção. Ninguém sabe a razão, mas os que estudam o fenômeno apostam na diminuição do espaço de restingas, lagoas e mangues, locais onde a espécie se sente à vontade e encontra insetos, minhocas e outros petiscos das mais variadas formas para sua alimentação diária.

Gente séria da área garante que existem outras razões para o extermínio, como mudanças climáticas, ou um vírus desconhecido. Seja qual for a causa, a extinção dos batráquios e seus primos pode levar ao aumento do desequilíbrio ambiental e a consequências imprevisíveis. Sem falar no fim da delícia dos gourmets, a rã à *dorée* ou à provençal, pratos de restaurantes refinados.

E a extinção da saparia repercutirá na política brasileira. A expressão engolir sapos, tão utilizada na vida pública deste país, entrará em desuso. Os congressistas do PT fiéis ao governo, cuja dieta nos últimos seis meses tem sido sapos preparados de todas as formas, vão engolir outro tipo de animal, quando as reformas enviadas ao Congresso forem votadas.

Devido ao seu aspecto desagradável, o sapo tem sido apresentado em fábulas e histórias moralistas com características de mau caráter e ambicioso, como no caso do sapo que desejava ser do tamanho de um boi, ou o que entrou de penetra no violão do urubu, na festa do céu, ou então no papel de um idiota completo, como aquele que caiu na conversa do escorpião e o levou nas costas, para atravessar o rio e recebeu como pagamento uma picada mortal.

O único que se deu bem nessas histórias foi o beijado pela princesa e que virou príncipe.

É preciso esquecer essas histórias e recuperar a imagem do sapo. Como ensinam os cientistas, sua presença nos nossos brejos é fundamental para o equilíbrio da natureza. E sem querer falar como um ecochato, gosto dos bichinhos. Lá em casa temos umas pererecas que vez por outra dão o ar de sua graça, com pulos incríveis, para escapar do gato que as persegue.

Pulam tanto, que às vezes fico pensando que o sapo barbudo – perdão, Sua Excelência o presidente da República – terá que pular como elas, para escapar do gato texano, que, com sorriso nos lábios e lambendo os bigodes, está armando uma arapuca, cujo codinome começa com as iniciais Alca. Salvemos as pererecas, as rãs e os sapinhos!

Jornal do Commercio, 24 de junho de 2003.

Subornos

Em seu livro *A era da incerteza*, John Kenneth Galbraith conta o caso de um juiz americano, corrompido pelos magnatas das ferrovias americanas no século passado. O magistrado vendeu suas sentenças várias vezes, a favor ora de um, ora de outro grupo, e sempre do lado de quem pagava mais. Corrupção é uma constante na história da humanidade, e o livro de Galbraith é pedagógico ao mostrar as grandes fortunas americanas formadas, "produzindo a baixo custo, suprimindo a concorrência e vendendo caro". E para fazer tudo isso, os barões das ferrovias, do petróleo e dos bancos não hesitaram em subornar as autoridades, construindo seus impérios à base da corrupção.

Segundo Galbraith, assim agiram as famílias Rockeffeler, Carnegie, Morgan, Guggenheim, Melon, Vanderbilt e outras menos votadas, tal e qual as famílias mafiosas, na segunda metade do século. Mas, segundo o economista, todos eles fundaram dinastias da mais alta reputação. "Todos se tornaram, com o passar do tempo, nomes extremamente respeitáveis. A rapinagem pública – o esbulho do povo em geral – embora criticado na época, com o tempo adquiriu um aspecto de alta respeitabilidade, de elevada distinção social."

Mas não foram só os americanos. Na última edição da revista *Veja* o historiador Luiz Felipe de Alencastro cita caderno especial do jornal londrino *Sunday Times* sobre os 200 homens mais ricos da Inglaterra desde 1066, data da batalha de Hastings, até os nossos dias. A nominata é composta de ladrões, saqueadores, corruptos, guerreiros, fazendeiros, mercadores, agiotas, banqueiros, industriais e empresários. Segundo Luiz Felipe de Alencastro, "iniciada na ladroeira, a fortuna inglesa é progressivamente enquadrada pelo Estado, volta-se a beneficiar da pilhagem – pilhagem externa, dessa vez – no período colonial e depois cresce dentro das regras: o século XX só gerou 2,5% do patrimônio total acumulado no milênio".

Em relação ao Brasil, um mesmo trabalho seria muito difícil de ser realizado, pois a corrupção é generalizada e, ainda segundo Alencastro, "a bandalheira continua durante a recessão e aumenta nos períodos de crescimento econômico". Neste caso, não é necessário dar nome aos bois, pois a manada é imensa, e não haveria espaço para citar todos.

A corrupção na esfera pública e privada não é atividade exclusiva de americanos, ingleses e brasileiros. Ao estudar o assunto, o historiador John T. Noonam Jr. escreveu um livro de quase mil páginas, com o título *Subornos* para mostrar como, no correr da história, o ser humano comprou o seu semelhante para lucrar e enriquecer ilegalmente.

Trata-se de compêndio da safadeza e da ladroagem, que aborda desde os faraós do Egito até as últimas trampolinagens de empresários e administradores nos EUA e na Europa. Não, o livro de Noonam não fala sobre o Brasil. Para tanto, talvez fosse necessário escrever um segundo volume, e com mais de mil páginas, certamente.

Jornal do Commercio, 2 de maio de 2000.

Quatorze anos depois de ver tanta corrupção refletida nestas pupilas tão cansadas, devo informar que para escrever sobre o tema no Brasil, seria necessária uma coleção de mais de dez volumes, com mil páginas cada um.

Sábato

Nesta semana recebemos a visita de Ernesto Sábato, o grande escritor e pensador que, ao lado de Jorge Luis Borges, Julio Cortázar e muitos outros construíram, na Argentina, na segunda metade do século XX, literatura de projeção internacional. Aos 90 anos de idade, Sábato veio ao Rio de Janeiro receber prêmio da Academia da Latinidade e abrir as celebrações do centenário da Universidade Candido Mendes.

Sábato é importante por sua obra, hoje traduzida para o português e mais trinta idiomas, mas também pela pregação por um humanismo que repele e condena a sociedade de consumo. Ao conversar com ele na Universidade Candido Mendes, ouvi Sábato repetir o que escreveu no livro *O escritor e seus fantasmas*: "O pior pecado do escritor é escrever com o objetivo de vender livros." A missão do escritor, segundo Sábato, é produzir boa literatura. Se o livro alcança sucesso de público, se vende ou não, é problema do editor. E a literatura vale a pena? Depende, disse ele à repórter Cecilia Costa. Para valer a pena, tem que ser boa. Recado direto para escritores que só escrevem pela glória passageira ou pelo dinheiro.

Por ser um perfeccionista, ele rasgou milhares de páginas de textos que não considerava bons e hesitou muito, antes de publicar o livro *Antes do fim*, texto em que combina testamento e memória, lançado no Brasil pela Companhia das Letras. Trata-se de depoimento fundamental para entender o dilema do homem do nosso tempo, massacrado pelo modelo consumista, e incapaz de perceber que, de sujeito, é transformado em coisa, em objeto, e levado à degradação moral da ambição e da permanente procura do sucesso.

Na página inicial do seu livro ele explica: "Sim, escrevo isto para perguntar para que e por que vivemos e lutamos, sonhamos, escrevemos, pintamos ou, simplesmente, empalhamos cadeiras. Assim, entre recusas a escrever estas páginas finais, estou fazendo isto quando meu eu mais profundo, o mais misterioso e irracional, me inclina a fazê-lo. Talvez eu ajude a encontrar um sentido transcendente neste mundo repleto de horrores, de traições, de inveja; desamparos, torturas e genocídios. Mas também de pássaros que levantam meu ânimo quando ouço seus cantos ao amanhecer; ou quando minha velha gata vem deitar-se em meu colo; ou quando vejo a cor das flores, às vezes tão minúsculas que é preciso observá-las de muito perto."

Como se vê, mesmo para o desiludido e quase desesperado Sábato ainda resta a esperança.

Um farol

A morte de Raymundo Faoro significa muito mais do que a perda de um intelectual que deixa patrimônio intelectual riquíssimo, cuja ampliação seria previsível, com mais tempo de vida. Se me permitem a aliteração, além de sua obra, Faoro ergueu-se, nos anos de chumbo, como um farol poderoso, cujo facho de luz iluminou a noite da ditadura militar.

Sua presença entre nós representava a âncora firme e indispensável para fixar em terreno às vezes movediço, os princípios éticos e morais, indispensáveis ao exercício da vida pública. A visita que lhe fez o presidente eleito, Luiz Inácio Lula da Silva, dá a medida da homenagem que, naquele gesto pleno de simbologia, o país lhe prestava, nos seus últimos meses de vida.

Neste espaço diminuto de crônica, só tenho condições de citar sua obra fundadora, *Os donos do poder*, o estudo clássico sobre o patronato brasileiro, leitura indispensável para a clarificação do Brasil contemporâneo; *A pirâmide e o trapézio*, estudo da sociedade do Rio de Janeiro no final do século XIX pela leitura da obra de Machado de Assis; *A Assembleia Constituinte – A legitimidade recuperada*, de 1980, e *Existe um pensamento brasileiro?*, de 1994.

Na presidência da Ordem dos Advogados do Brasil, entre 1977-79, Faoro atuou com firmeza pela devolução dos direitos civis aos brasileiros, notadamente na questão da volta do instituto do habeas corpus. Reinstalado na legislação federal, o habeas corpus contribuiu para o fim da tortura nos calabouços do regime.

Seus artigos semanais, escritos durante o governo Figueiredo, foram fundamentais para a conquista da anistia ampla e das eleições diretas para a Presidência da República. No governo Collor, ao lado de Evandro Lins e Silva, Clóvis Ramalhete e Márcio Thomaz Bastos, formou o grupo de assessores de Barbosa Lima Sobrinho que preparou o processo, assinado pelo presidente da ABI, pedindo à Câmara dos Deputados a cassação do mandato do presidente da República.

Por tudo isso, além de profeta, segundo o jornalista Mino Carta, ele foi também o farol; mas a morte, no seu caso, não significa que a força da sua luz se extinguiu. Ela continua presente e permanente nos seus livros e na memória do seu exemplo.

Um homem de fé

Quando o capitão Luís Carlos Prestes foi preso, logo após o movimento comunista de 1935, recebeu a visita do advogado designado para defendê-lo. Prestes recusou a ajuda e ameaçou:

– Se o senhor apresentar minha defesa, eu o denunciarei à opinião pública internacional como farsante.

O advogado respondeu com firmeza:

– Acho que o senhor não terá esse prazer. Estou cumprindo uma missão, tanto quanto o senhor cumpriu a sua. Fui indicado pelo presidente da Ordem dos Advogados.

Prestes percebeu que estava diante de um homem firme e determinado. Mas mesmo assim perguntou:

– Afinal, o senhor é um jovem advogado desconhecido. O que pode fazer por mim?

E lembrou o senador Abel Chermont, que mesmo com as suas imunidades parlamentares, fora preso por ter impetrado um habeas corpus em favor de Harry Berger.

– Se não sou capaz de defendê-lo, isto é da minha alçada –, respondeu Heráclito Fontoura de Sobral Pinto, que desde então viu desabar sobre sua cabeça uma torrente de ofensas, de lacaio da burguesia a inocente útil dos comunistas.

Mas ataques não abalaram esse homem rijo e forte que hoje, aos 85 anos de idade, continua sendo fielmente o que sempre foi: um advogado preocupado com a situação dos seus clientes e angustiado com os destinos do Brasil. Célebre e celebrado por sua bravura nas horas difíceis e nos momentos cruciais, símbolo da resistência ao autoritarismo, ele gosta de afirmar, alto e bom som, que "sem autoridade a sociedade se torna anárquica e sem liberdade se torna despótica".

Defensor de figuras públicas notórias, cujo ideário político é exatamente oposto ao seu, ele jamais recusou atender clientes humildes e sua presença é sempre notada onde se cometem injustiças. Não mede o tamanho, a força ou a importância de quem ataca. Investe firme e forte e geralmente está com a razão.

Recusou o convite do presidente Juscelino Kubitschek para integrar o Supremo Tribunal Federal e defendeu os chineses da missão comercial que o governador Carlos Lacerda mandou prender, logo após março de 1964. Naquele ano, quando ia para Brasília instruir o *impeachment* contra o presidente João Goulart, soube de sua deposição pelos militares. Indignado, enviou telegrama ao então general Castello Branco, dizendo-lhe que, na condição de chefe do Estado-Maior do Exército, ele estava impedido legalmente de ser presidente da República. Castello telefonou ao advogado para justificar a ilegalidade, mas Sobral não aceitou as explicações. Preso ilegalmente no regime militar, Sobral Pinto afirmou:

– O pior dos regimes de exceção é que eles estabelecem o sigilo em torno de tudo, substituindo a liberdade pelo arbítrio, instaurando a desonestidade e o medo. Nutro a certeza de que o respeito à liberdade individual, à liberdade da imprensa, à autonomia do Poder Judiciário e à soberania do Congresso há de ser restaurado.

De onde vem a força de Sobral? Homem de missa e comunhão diárias, ele afirma que toda sua vida interior vem da oração, do contato diário com Deus. Lastima que homens extraordinários não tenham sido tocados pela graça. E realmente, há qualquer coisa de transcendental nesse homem cuja idade não apagou os fulgores da rebeldia e cólera santa, que só a verdade pode acender no coração dos justos.

Uma chance

O estado de patologia social em que vivemos permite a um fotógrafo da qualidade profissional de Otávio Magalhães, da Agência Estado, captar os lances do resgate de três menores de uma patamo da PM, pela ação de outros menores, em pleno Centro do Rio, na manhã do domingo. Os garotos se aproveitaram de um momento de descuido dos policiais, atacaram com a rapidez de um comando, forçaram a tranca da caçamba, libertaram os presos e fugiram.

Na observação das fotos, vê-se que entre eles há uma garota alta, forte, que em determinado momento sustenta a porta aberta da caçamba para permitir a fuga enquanto outro dá cobertura para que um dos presos corra em direção à liberdade. Mais um que escapa, e pela estatura e pelos músculos dificilmente será um menor; em uma das fotos ele se desvencilha do policial que tenta detê-lo e, pelo relato da reportagem, também foge.

Entre eles há um menino franzino, terá 10 anos, se tanto. Ele participa do grupo – é o menor deles, os outros são taludos – mas não aparece em ação. Está parado, quase estático na calçada, ao lado de um PM, e observa os maiores saindo da caçamba e correndo. Imagino que no segundo seguinte correu também, e deve ter escapado.

Quem já foi vítima da ação criminosa de pivetes não pensa duas vezes em condená-los à prisão nos depósitos de menores, esta mistura de campos de concentração e escolas do crime. E mesmo os que não passaram por este transe preferem vê-los trancafiados em vez de deixá-lo nas ruas, aos bandos, ou então, nos becos do

Centro, aos domingos, fumando crack e cheirando cola e praticando atos de vandalismo que não raro terminam com mortos e feridos.

O medo nem sempre é um bom conselheiro. Capturar menores (e maiores) nas ruas, como se fossem cães sem dono, recolhidos pela "carrocinha", e jogá-los em reformatórios que em grande número são "formatórios" de criminosos, pode e vai piorar o problema, em vez de resolvê-lo. Diante dos delitos, a ação repressiva é indispensável, mas há um trabalho muito maior a ser realizado para a recuperação desses jovens, sem família, sem teto, sem escola e sem emprego e sem a oportunidade de ler, para se tornarem adultos conscientes de sua condição humana.

O menino que assistiu à ousada ação dos companheiros maiores merece uma chance. Ele e seus companheiros, capitães do asfalto. E não será na caçamba de uma patamo que eles vão encontrá-la.

Jornal do Commercio, 8 de julho de 2003.

Viagens

No governo parlamentarista de João Goulart, instaurado em 1961, o então Ministério do Trabalho e Previdência Social foi entregue ao deputado Franco Montoro, um dos líderes do Partido Democrata Cristão. Jango demonstrava assim o desejo de afastar o seu partido, o PTB, de áreas sensíveis da administração pública, onde o trabalhismo dera as cartas no quinquênio de JK.

Um dos políticos mais sérios e competentes do Brasil contemporâneo, Montoro realizou um trabalho fecundo, no gabinete chefiado por Tancredo Neves, mas encontrou grandes dificuldades orçamentárias para tocar seus programas. Quando chegou a ocasião de participar, como chefe da delegação brasileira, da reunião da Organização Internacional do Trabalho, em Genebra, verificou-se que o orçamento do ministério estava quase esgotado, e não contemplava verbas para tal viagem.

Sem recursos para ir ao exterior, Montoro dirigiu-se ao ministro das Relações Exteriores, San Tiago Dantas, apresentou o problema e sugeriu que o embaixador brasileiro na Suíça representasse o Brasil na conferência da OIT. San Tiago discordou, consultou o seu próprio orçamento e ofereceu a solução: transformaria a ida do ministro a Genebra numa viagem a nível de embaixada e o Itamaraty pagaria as despesas. Montoro tinha muito o que dizer em Genebra sobre a experiência trabalhista brasileira, especialmente na área dos sindicatos rurais, um dos projetos mais interessantes de Montoro, e a solução de San Tiago Dantas o deixou contentíssimo.

Esta foi a única viagem internacional de Montoro na condição de ministro do governo parlamentarista de Jango/Tancredo. Outros ministros do mesmo gabinete também pouco foram ao exterior naquela época. Agora, leio em *O Globo* que em 155 dias o governo gastou em viagens R$ 193,1 milhões, mais do que os gastos com investimentos feitos até 28 de maio, que somaram R$ 148,1 milhões.

Para comparar as duas situações – governo Jango/Tancredo e governo Lula – é indispensável levar em conta que nos últimos quarenta anos o Brasil cresceu no cenário internacional e destacou-se na América do Sul, o que exige a presença de representantes brasileiros em nível ministerial em várias partes do mundo. O número de ministérios também aumentou consideravelmente.

Mas tudo isso levado em conta, será que é necessário gastar tanto nessas viagens?

Jornal do Commercio, 10 de junho de 2003.

Vim buscar meu violão

Conheço um vampiro, dos bons. É o Dalton Trevisan, o Vampiro de Curitiba, que está de novo na praça com uma reunião de contos curtos, alguns curtíssimos. Dalton apurou o estilo e agora, em vez de escrever meia página, dá o seu recado em três ou quatro linhas. Creio que se lhe coubesse a tarefa de escrever *Guerra e paz*, de Tolstoi, não precisaria de dez laudas, no máximo, para contar tudo.

Título do livro: *Pico na veia*, da editora Record. Fala pouco sobre drogas e drogados e muito sobre o amor em Curitiba, quer dizer sobre o amor, seja em que lugar for. Prosa econômica e densa, plena de aberturas em todas as direções, para o leitor "viajar" na própria imaginação a partir do proposto.

A arte de escrever contos lembra a ourivesaria literária. Creio que foi o Rubem Fonseca o primeiro a fazer esta comparação. O romance, não. O romance se estende por páginas e páginas, e pode ser bom, mesmo com alguns trechos ruins. O conto, por ser bem menor, exige do autor mais atenção para o detalhe e a minúcia, mais rigor no estilo, imaginação fértil para não entediar o leitor e ao mesmo tempo talento para dizer tudo em poucas páginas. Em certo momento do século passado, creio que nos anos 1970, aconteceu no Brasil o chamado *boom* do conto. Em entrevista, Wilson Martins disse que o conto na década 1970 era o soneto do século XIX. O *boom* acabou e, dos contistas, poucos ficaram. Dalton, que surgiu na cena literária muito antes dessa época, prossegue construindo sua obra.

Exemplo de um dos seus contos curtos, o número 192, dos duzentos e cinco do livro:

"A noivinha em pranto:

– São horas? Um homem casado? De chegar?

O boêmio fazendo meia-volta, no passinho de samba de breque:

– Não cheguei, minha flor. Só vim buscar o violão."

De hábito, sou pontual. Mas se chego atrasado em algum local, todo mundo já reunido, minha vontade é esgueirar-me e sair à francesa, com a mesma desculpa. Só vim buscar meu violão – tal como o personagem do Dalton.

Jornal do Commercio, 30 de janeiro de 2003.

Visitas

Segundo *O Globo*, o presidente eleito vem ao Rio de Janeiro agradecer a quatro pessoas o apoio recebido durante a campanha: Maria da Conceição Tavares, Celso Furtado, Apolônio de Carvalho e dona Maria Amélia, viúva de Sérgio Buarque de Hollanda e mãe do Chico. Estas visitas a quatro personalidades emblemáticas dos intelectuais que desde a primeira hora apoiaram a candidatura de Lula à Presidência representam, também, de alguma forma, um agradecimento do presidente eleito à montanha de votos que ele recebeu do eleitorado fluminense.

A lista dos nomes de artistas e intelectuais do Rio que apoiaram a candidatura do ex-metalúrgico não caberia nesta página, mesmo em corpo seis. Mas vale a pena recordar os nomes de Barbosa Lima Sobrinho e Clóvis Ramalhete, ambos já falecidos, e Evandro Lins e Silva e Raimundo Faoro, felizmente vivos e atuantes, que participaram com força e entusiasmo do episódio do impeachment de Collor, primeiro passo de uma marcha que dez anos depois culmina com a eleição de Lula.

Intelectuais do Rio de Janeiro que desde o início apoiaram Lula e não estão mais entre nós, é tempo de lembrar também os nomes de Antônio Callado, Antônio Houaiss, Alceu Amoroso Lima (cuja memória é cultuada no Centro Alceu Amoroso Lima para a Liberdade) e Mário Pedrosa, um dos fundadores do PT. Revolucionário até o derradeiro instante de sua vida, que em uma de suas últimas entrevistas, concedida a este repórter e publicada no *Jornal do Brasil*, afirmava que só a classe operária, organizada poderia salvar o Brasil. Na sua primeira fala, depois de considerado presidente eleito,

Lula fez questão de fazer o elogio póstumo de Mário Pedrosa, e nesse momento foi intensamente aplaudido.

Mário, assim como Sérgio Buarque de Hollanda (e Antônio Cândido e tantos outros em São Paulo), interpretou o Brasil, procurou suas raízes e descobriu as formas indispensáveis para a recuperação de um patrimônio moral, ético e cultural, base da construção de uma nação que deseja ser justa com seus filhos. Homenagem a homens e mulheres dessa estatura moral e intelectual reverencia a inteligência e a ética. Reverências cada vez mais difíceis de fazer, na vida pública do Brasil.

A baixa modernidade

Quais as relações entre as obras do jornalista Sérgio Porto, o fero Stanislau Ponte Preta, do sambista Noel Rosa e do romancista Marques Rebelo, os três de saudosa memória, e as contradições da modernidade no Brasil? Na primeira leitura, parece que nada; nada, no entanto, é o vácuo mental dos que pensam assim.

Na aula magna pronunciada ontem no Fórum de Ciência e Cultura da UFRJ, o professor Eduardo Portella esbanjou seus saberes sobre o tema. Conduziu o auditório por um passeio pelas obras dos principais críticos e estudiosos do problema da modernidade – datada, segundo alguns, do *quattrocento*, ou mesmo de antes – e mostrou, na novela, no samba e no romance brasileiro, os reflexos desse processo na nossa cultura.

Portella cita *A cidade demolida,* um dos primeiros trabalhos de Sérgio Porto, ficção sobre a Copacabana das primeiras décadas do século, com casas, quintais e mangueiras e as feijoadas familiares dos sábados. Copacabana cuja "modernidade" a especulação imobiliária destruiu, erguendo em seu lugar um muro de concreto armado de edifícios chamado pelo arquiteto Claudius Ceccon "o nosso muro da vergonha", em contraposição aos que assim denominavam o muro de Berlim. (O de lá foi derrubado, enquanto o nosso permanece incólume, cada vez mais alto, a impedir o sol de frequentar a praia à tarde.)

Em *A estrela sobe* Marques Rebelo mostrou a aspiração da cantora de subúrbio pela modernidade, ansiosa por apresentar-se em um programa na Rádio Nacional. E Noel Rosa, autor do samba com o verso "o apito da fábrica de tecidos" anunciou o processo de industrialização a invadir o espaço urbano. Todos esses aspectos, analisados com o aparato intelectual de um *scholar* da qualidade de Portella, ganham relevo e nova dimensão, indispensáveis para a compreensão do nosso aqui e agora.

Não sou tão louco ao ponto de querer resumir a aula magna de Portella neste pequeno espaço de crônica. O texto integral de sua palestra, no qual ele estuda com precisão o cerne do problema, sem esquecer do que há nele de epidérmico, será publicado em um futuro livro de ensaios literários que compõem sua obra fundadora.

Mas gostaria de registrar logo a expressão "baixa modernidade" utilizada por Portella para descrever a "modernidade" do nosso tempo – e agora por minha conta – aqui, nos Estados Unidos, ou nos campos de batalha do Iraque. Baixa modernidade. É isso aí. Eduardo Portella tem toda a razão.

Zé Rubem

O escritor brasileiro Rubem Fonseca, ou Zé Rubem, para os amigos, recebeu o prêmio Camões, o Nobel da língua portuguesa, concedido anualmente a um autor dos países lusófonos. Seu nome foi proposto pelos jurados portugueses, teve a imediata adesão de Pepetela, o escritor angolano presidente do júri, e de Lourenço do Rosário, de Moçambique. Zuenir Ventura e Heloísa Buarque de Hollanda, jurados do Brasil, aprovaram com alegria a proposta.

Aplaudido pela crítica e pelo público, e agora consagrado com o Camões, o trabalho literário de Rubem Fonseca dispensa elogios. Voltado para seus livros, ele se recusa a dar entrevistas, não gosta de publicidade e da vida literária. Mas quando o governo militar endureceu sua política de repressão ao livro, Zé Rubem arregaçou as mangas e se tornou um ativista incansável.

No momento em que ele recebe prêmio tão importante, vale a pena lembrar sua atuação no movimento que culminou com o Manifesto dos Mil, assinado por mais de mil intelectuais brasileiros, contra a censura literária exercida pelo governo de então. Editoras e livrarias foram invadidas para apreensão de livros considerados ofensivos à moral pública e/ou subversivos.

Entre os livros censurados – mais de quatrocentos títulos – a fúria dos censores se abateu com mais violência sobre três: *Feliz ano novo*, de Rubem, *Zero*, de Ignácio de Loyola Brandão, e *Aracelli meu amor*, de José Louzeiro. O valor literário dessas obras, mais tarde, obteve reconhecimento internacional.

O Manifesto dos Mil, redigido por Fábio Lucas, e articulado por Nélida Piñon, Lygia Fagundes Telles, José Louzeiro, Rubem

Fonseca, Jefferson Ribeiro de Andrade, os falecidos Hélio Silva, Ary Quintella e este cronista, além de outros escritores, repercutiu nos setores oficiais. O governo militar sentiu a pressão da opinião pública e a apreensão de livros cessou.

No governo Sarney, o ministro da Justiça, Fernando Lyra, reuniu intelectuais no Café Teatro Casa Grande para a assinatura das portarias liberando os livros proibidos. Foi um ato simbólico. A sociedade civil já tinha resolvido o assunto.

Jornal do Commercio, 15 de maio de 2003.

Joel Silveira

Conta a lenda que Joel Silveira é o maior repórter do Brasil. Não é lenda: trata-se de pura verdade. Os que nasceram no tempo errado e perderam as grandes reportagens de Joel, publicadas no calor da hora, podem encontrá-las, reunidas em inúmeros livros cuja leitura vale por um curso completo de jornalismo para conferir o calibre do seu texto e ter uma ideia de suas façanhas. Lembram os tempos das reportagens escritas com emoção e bom humor, inteligência e graça e plenas de informações.

A prosa de Joel é direta e enxuta, sensível sem ser babaca, delicada e irônica e ao mesmo tempo vigorosa como o soco de um campeão de boxe. E ele ainda encontra tempo para construir obra de ficção de qualidade: na mesma pessoa convivem o grande jornalista e um dos maiores escritores brasileiros. E não sou eu, pobre escriba, quem o diz: é a Academia Brasileira de Letras, que acaba de indicá-lo para receber o prêmio Machado de Assis, pelo conjunto de obra.

Prêmio que já vem tarde. Além de tardio, está sendo ignorado pelos meios de comunicação, perdão, pela mídia, palavra idiota. Não encontro nas páginas da nossa culta imprensa cultural, tão prestimosa quando se trata de divulgar escritores estrangeiros de qualidade duvidosa, roqueiros de terceira categoria, ou fofocas sobre quem dormiu com quem na véspera, uma linha sobre Joel e sua obra – e seu prêmio. Pode ser que as matérias ainda apareçam. Estou esperando ansioso e vou continuar cobrando.

Outra noite, quando saía de um encontro com amigos do bar Vilarino, na avenida Presidente Wilson, bem em frente à Academia

Brasileira de Letras, observei a estátua de Machado de Assis sentado, em poltrona nos jardins do Petit Trianon e sobre a qual, às vezes, alguns gatos solertes passeiam, sem se dar conta do desrespeito cometido. Olhei e vi alarmado a estátua a mover-se, talvez incomodada pelos gatos, pensei. Na penumbra da avenida mal iluminada pela Light notei o velho Bruxo do Cosme Velho levantar-se da poltrona, espantar os gatos, altear os braços para o céu e bradar:

– Quando as folhas desta província informarão a seus leitores que o Joel Silveira recebeu o maior prêmio da Academia?

O desabafo a clamar contra as injustiças do mundo (no caso do mundo dos jornais) não fazia parte do repertório do discreto bruxo. Mas o autor defunto e feito estátua poderia ter mudado de temperamento. Enquanto eu imaginava passar por um delírio daqueles do Brás Cubas, depois do primeiro momento de escândalo a estátua voltou ao seu estado pétreo, rígida, solene, digna e bem-comportada. Delírio ou não, diante do estranho acontecimento respondi à indagação, pois o Machado esculpido em pedra e cimento talvez fosse diferente do Machado vivo, de carne e osso:

– Quanto às outras folhas, não sei, mestre. Mas no *Jornal do Commercio*, onde Vossa Excelência colaborou, colaborou, pouco, mas colaborou, está feito o primeiro registro.

Pode ser impressão, mas notei, apesar da penumbra, um ar de satisfação no semblante do homem. E agora, pauteiros, correi depressa à pesquisa, preparai um bom questionário e mandai vossos plumitivos em busca da palavra do Joel. Ele merece reportagem de duas páginas, não só pelo prêmio Machado de Assis, mas também por sua vida e sua obra; e, no mais, "por tudo, por tudo", como respondeu o Ataulfo de Paiva, ao José Lins do Rego, à pergunta por que Ataulfo lhe dava parabéns. Enfim, por tudo, Joel merece muito mais.

As sandálias do Pescador

Os ventos de agosto de 2013 resolveram soprar em julho e o papa Francisco desembarcou no Rio de Janeiro envolto por ventanias às vezes a brincar, na tentativa de deslocar o solidéu de Sua Santidade; as mais ousadas levantavam sua opa branca, transformando-a em asas dando-lhe por instantes o aspecto de um anjo. Muitos viram no vento a mensagem de vontade cósmica, um sopro divino, capaz de limpar a cidade dos pecados, de cada um e de todos, dos humildes e dos poderosos.

Mais do que o vento, a palavra simples, mas jamais simplória de Francisco, ecoou nos ouvidos dos cariocas e dos brasileiros lembrando-lhes a importância da justiça social, da caridade, da solidariedade, do amor ao próximo e da honestidade, em especial na gestão da coisa pública. Temas de um pastor preocupado com seu rebanho universal, onde o egoísmo, o consumismo desenfreado, e o culto do bezerro de ouro parecem dominar. Em vários eventos, em particular no encontro com representantes da "sociedade civil", no Teatro Municipal, o papa Francisco utilizou palavras mais fortes, das quais os jornais dos últimos tempos andam cheios.

A expressão "sociedade civil", usada para os convidados ao Municipal, pode parecer inadequada. Afinal, os fiéis que saudavam o papa constituem o coração da sociedade civil e por isso para orador escolhido para representar os dois mil engravatados foi um ex-favelado, e da reunião todos saíram com a impressão de que algo de bom estava acontecendo nesta cidade.

Talvez o Rio de Janeiro necessite de outros ventos para tornar-se a cidade abençoada pela imagem do Cristo Redentor no alto do

Corcovado. Ao sair, fustigados pelo vento, mas contentes ao ver as nuvens pesadas desaparecer dos céus, por intervenção de santa Clara, nos incorporamos por momentos à marcha dos peregrinos na rua México, legião de jornadeiros, todos felizes entoando cânticos, ou apenas sorrindo, e em seus corações transbordava a alegria por terem encontrado o papa.

Mas nas calçadas da rua nos deparamos com cerca de dez mendigos, enrolados em cobertores curtos, incapazes até de pedir esmola, devido ao frio. Quantas visitas das sandálias do Pescador ainda serão necessárias ao Brasil para a nossa sociedade ser absolvida?

Sumário

O passarinho afogado	7
Fale com ela	11
Machado defensor do crédito	14
A minha musa deste verão	17
Um jornalista	20
Sobre ratos e homens	24
Em Cuba, com John Lennon	26
Freud e a mídia	29
O poeta move a Terra	32
Tempo de tubarões	35
O Big Brother entre nós	37
A luta vã e a condição humana	39
Conto de fadas às avessas	42
O engraxate de Nabuco	45
A Coisa	48
Bush e os elefantes	51
A arte de mentir	53
As abotoaduras do presidente	55
Moderador de apetite	58
Eduardo Portella	60
A Academia e o táxi	62
Literatura e cozinha	64
A fila da Comlurb	66
A guerra continua	68
A guerra de Bush	70
A guerra é aqui	72
A invasão	74
Bella, Manuel e Alceu	76

A pobreza continua	80
A utopia ao nosso alcance	83
Acender a lâmpada	85
Aldir Blanc	87
Araújo Neto	89
Argumento	91
Cansaço do Brasil	93
Cave Canem	95
Cervejas e remédios	97
Clarice e Fernando	99
Clarice	101
Cleofe	103
Conceição do Mato Dentro	105
Conservadores e remendões	107
Conversa no táxi	108
Davos	110
De rabos e rábãos, ou em face dos últimos acontecimentos	112
Direito à comida	114
Dom Hélder	116
Dos sebos	118
Elogio da bobagem	119
Entregues a facínoras	121
Escrever e acontecer	123
Esperar alienígenas	127
Euclides e Olímpio	129
Evandro, o inesgotável	131
Frei Marcos	134
Gudin só bebia vinho	136
Hélio Pellegrino	138
Imprensa e Democracia	141
Macacos não me mordam	143

Mudanças	145
Mário Pedrosa	147
Nabuco, Renan e a eutrapelia	149
Não é nada	152
O atirador belga	154
O colecionador de palavras	156
O delírio e Lula	158
O dia de Lygia	160
O encontro marcado	162
O futuro no passado	164
O homem que não falava javanês	167
O inferno de García Márquez	169
O inventor de Ipanema	172
O mágico da montanha	174
O nariz de Michel Temer	176
O purgatório do leitor	178
O último dia do ano	180
Oligopólios e escorpiões	182
Os melhores anos	184
Os nove níveis	186
Ouvir um nariz	188
Palíndromos	190
Paraísos fiscais	192
Perepepê sem coleira	194
Profissão, falsário	197
Proust e Beckett	199
Prêmio Menéndez Pelayo para Nélida	201
Recado de Roosevelt ao Brasil	203
Robôs e Pinóquio	206
Roucos rumores	208
Roxie Hart e os ministros de Lula	210
Salvar o sistema	213

Seu João 215
Sobre berbigões, tatuís e amêijoas 217
Sobre fome e estradas 219
Sobre gatos e ratos 222
Sobre sapos 225
Subornos 227
Sábato 229
Um farol 231
Um homem de fé 233
Uma chance 235
Viagens 237
Vim buscar meu violão 239
Visitas 241
A baixa modernidade 243
Zé Rubem 245
Joel Silveira 247
As sandálias do Pescador 249

Este livro foi impresso na Editora JPA Ltda.,
Av. Brasil, 10.600 – Rio de Janeiro – RJ,
para a Editora Rocco Ltda.